我的幸福婚約

五

顎木あくみ

輕文學
Light Literature

目錄

我的幸福婚約——登場人物介紹

久堂清霞

知名的久堂家現任當家，亦為帝國陸軍對異特務小隊的隊長。是當代頂尖的異能者。

齋森美世

齋森家的長女。自幼喪母後，便過著飽受繼母和異母妹欺壓凌虐的日子。

由里江
久堂家的幫傭太太。

五道佳斗
對異特務小隊的成員之一，是清霞忠心的下屬。

久堂葉月
清霞的姊姊。育有一子。

辰石一志
辰石家現任當家。是破解術法的天才。

薄刃新
美世的表哥，同時也是薄刃家現任當家之子。

大海斗征
帝國陸軍參謀本部少將。是清霞的上司。

堯人
皇太子。擁有天啟之力。

陣之內薰子
清霞的下屬。過去曾是他的未婚妻候選人。

齋森澄美
美世的母親。已故。

甘水直
異能心教的祖師。過去曾是澄美的未婚夫候選人。

序章

即將迎接新年的十二月的某個夜晚。

太陽已經沒入地平線另一頭的此刻，這一帶被透出冰冷氣息的昏暗天色籠罩，呈現出一股感覺不到任何生物存在的靜謐。

堯人從敞開的格子窗眺望外頭，入冬後凋零的庭園草木靜靜地浮現於夜色之中。

「——堯人大人，真的可以這麼做嗎？」

從後方這麼向他提問的，是在軍中擔任要職，跟堯人往來密切的軍人大海渡征。

只點著微弱燈光，感覺寒冷不已的這個房間裡，除了這兩人以外，還有一名以心腹的身分在政務上輔助天皇的內大臣。

目前擔任內大臣的鷹倉，是自堯人開始代替天皇遂行公務時上任的男子。

年齡還不到三十五歲的他，雖然年輕，卻是一名懂得彈性思考的優秀人才。再加上年紀也跟堯人相仿，因此，他是堯人最為信賴的人物之一。

堯人沒有轉身望向這兩人，只是輕輕點頭。

除夕當天必定會在宮殿裡進行的大型祈福消災的儀式，已經在傍晚時結束。大家都在替忙碌的明天做準備，所以看不到其他人的身影。

總是隨侍在天皇身邊，輔佐他執行各項事務的宮內大臣和侍從長，目前也暫時離席。房裡就只剩下這三人。

「無妨。現任天皇失蹤一事不應傳入人民的耳中，若是動員所有軍力展開搜索，想必會有人察覺不尋常之處。再說，現在也不可能找得到人。比起這件事，眾人先好好休息吧。今晚結束後，恐怕就不能悠哉度日了。」

前幾天，現任天皇遭到異能心教綁架。儘管事情非同小可，堯人反而刻意選擇對國民隱瞞這個重大的真相。

只要閉上雙眼，不屬於當下時刻的光景便會在他的腦中浮現。他彷彿能聽到人們在下著雪的帝都起爭執的聲音——而這些都會在不久的未來化為現實。

目前，堯人能預知的未來並不多，也無法確實判斷出能夠導向特定未來的做法。但心中的預感告訴他，這個未來將會成為無可避免的一道洪流。

既然如此，避免輕舉妄動，在洪流到來之前確實養精蓄銳，才是目前最理想的做法。

刺骨的冷風唰一聲捲起庭園裡殘餘的枯葉。

幾乎被這股風吹得直打哆嗦的堯人，忍不住自己伸出手關上格子窗。

「那麼，天皇陛下現在平安無事是嗎？」

鷹倉像是想要再次確認似地問道。

「平安是平安。畢竟，異能心教這樣大費周章地綁架天皇，不可能只是為了殺死他。」

這麼回答後，堯人在坐墊上坐下。

「雖然吾倒是覺得，就這樣讓現任天皇退場，或許也無妨——」

「您這麼說……實在有點……」

聽到堯人像是在自嘲的真心話，大海渡不禁以帶著幾分責備的語氣這麼輕喃，一旁的鷹倉也跟著語塞。

目睹臣子們完全寫在臉上的反應，堯人的嘴角微微上揚。

身為一國之君，為了自己的人民，他甚至期盼親生父親死去。一如大海渡所言，這番冷血無情的發言，就連堯人自己都覺得有些無奈。

依然坐擁最高權威和地位的現任天皇，以及掌握實際大權的下一任天皇。這兩人對立的現狀，很明顯只會成為紛亂的源頭。

倘若異能心教真的對天皇下手，不知道會讓這一切多麼簡單地落幕呢。

（這樣的吾，確實可說是「非人哉」啊。）

百姓將堯人世家視為繼承神明血脈的一族，對他們景仰有加。或許就是因為這樣，不同於凡人的他才會如此寡情——堯人湧現了半開玩笑又半自嘲的這種想法。

「那麼，關於那件事，汝等有什麼進展嗎？」

「屬下這邊進行得很順利……雖然想這麼說，但現況其實背道而馳。軍方的反對意見占多數，因此執行上恐怕還是有困難。」

「屬下這邊的情況亦同。以宮內大臣為首的眾多政治家和官僚，都表現出反彈的態度。」

「這也是必然的吧。不過，論效率的話，這是最妥善的做法。所以希望汝等還是盡可能執行。」

「屬下會盡力。」

「屬下明白。」

「而且要盡快。」

看到大海渡和鷹倉必恭必敬地朝自己行禮後，堯人緩緩將手肘靠上椅子的扶手，然後以手托腮。

他所具備的天啟異能仍不夠完整。

雖然不知道原理為何，但尚未正式繼承皇位之人無法獲得神明的認同，所以也沒辦法得到完整的天啟異能……據說是這麼一回事。

因此，一如歷代的皇太子，堯人預測未來的能力仍不夠穩定，有時看到的是極度遙遠的未來，有時卻又是幾秒鐘後就會發生的事情。他無法隨心所欲地觀測自己想要了解的未來。

前幾天，便是自己不夠完整的力量，導致現場陷入一片混亂，還險些讓美世落入異能心教的手中。

即使內心焦躁不已，天啟的異能也不會因此提升。儘管如此，他還是必須盡可能從自己的預測範圍裡，努力收集各種瑣碎的情報，再試著拼湊出正確的未來，然後擬定相關對策。

「……這條路真的可行嗎？」

堯人已經預測出有助於將現況導向理想未來的幾個關鍵要素。不過，這些要素並不代表一切，他仍須不停摸索。

他這次的策略，最後究竟會帶來好結局、還是壞結局？

被譽為繼承神明血脈、聽得到神諭的堯人，現在只能像個凡人那樣絞盡腦汁思索。

第一章 新的一年與不安的心

踏出家門後，戶外冰冷的空氣迎面撲來。

昨晚降下的雪，薄薄地覆蓋在玄關外頭和自宅附近的林木上，將眼前所見的世界染上一片淡淡的雪白。

手仍按在玄關拉門上的齋森美世，忍不住對這片純白的景致看得入迷。

「好美呀……」

這可說是她第一次對下雪湧現這樣的感想。

在去年之前的冬天，一旦下雪，除了會變得更冷以外，她還得耐著腰痛使力剷除厚重的積雪，因此完全無心欣賞雪景。

像這樣單純為美景湧現感嘆之情的同時，她也感到幸福無比。

「還挺冷的啊。」

注意力完全被雪景奪走的美世，因為身後傳來的這個嗓音而屏息。

明明被外頭冰冷刺骨的空氣籠罩，她卻覺得臉頰瞬間竄起一陣火熱。

「是……是的……」

因為感到難為情，她無法轉身望向對方。面對回應態度有些不自在的美世，未婚夫久堂清霞若無其事地穿越她的身旁，走到玄關外頭。

元旦——現在是新的一年到來後的早晨，不過，現在算是稍遲的時刻。

美世和清霞接下來打算一起去神社新年參拜。

在藍色和服外頭套上一件西式灰色大衣的清霞，即使走在這片美景之中，出眾的樣貌依舊毫不遜色。至今，美世仍無法習慣他如此俊秀的外表。

美世則是一身綴滿各色扇子圖樣的白底小紋和服，再加上素雅的淡黃色羽織外套。為了禦寒，她還穿戴了圍巾和手套。

為了迎合新年而比平常更華麗一些的打扮，再加上昨晚的那件事，讓美世陷入一種坐也不是、站也不是的躁動心情之中。

（因為……因為……）

之前，是宛如被突襲的經驗，但昨晚則不同。

那個吻——是美世本人也渴望的東西。

雖說已經是第二次了，但她完全無法習慣，甚至覺得比之前更加倍難為情，因此現在完全無法直視清霞的臉。

儘管覺得這樣的想法蠻橫不講理，但望著清霞的背影，美世不禁有幾分憤慨。

（……您為什麼能夠這麼平靜呢，老爺？）

難道說，區區一個吻，對清霞而言並不算什麼？

的確，在新的一年到來後，美世即將滿二十歲，清霞則是二十八歲了。對兩人來說，都是結婚嫌太晚的年齡。

基於清霞的年紀，就算他各方面的經驗都很豐富也不足為奇。

曾是清霞未婚妻候選人之一的陣之內薰子，跟他似乎不曾發展出任何更進一步的關係。不過，美世已經明白清霞並非徹頭徹尾地排斥女性。

（老爺他……果然對這種羞恥的事情……）

光是試著思考這個問題，就讓美世有種血液直衝腦門的暈眩感，整張臉也脹紅得宛如煮熟的章魚。

因為，若非對「這種事情」習以為常，就算是第二次經歷的，只是唇瓣輕觸的短暫的吻，清霞的態度理應也無法如此冷靜才是。

自己明明都這麼難為情了呀。

美世以包覆在毛線手套之下的雙手，掩住自己即使不照鏡子也知道，想必已經紅通通的雙頰。

要是不像這樣遮住臉的話，她看起來恐怕會像個獨自沉溺在羞恥的妄想之中，甚至還因此滿臉通紅的詭異女人。

「美世。」

「……是。」

「妳在做什麼？走嘍。」

轉過身來的清霞，以一臉泰然自若的表情對她伸出手。

美世按捺住內心的難為情，垂下頭微微噘起嘴，老實地朝清霞走近。

不過，她這樣的行動，似乎讓他不太滿意。

清霞皺起眉頭，握住美世的左手將她拉近自己。

「要是一邊發呆一邊走路，可是會跌倒的。」

「對……對不起。」

「不用跟我道歉沒關係，注意自己的腳下就好。地面的積雪容易讓腳踩滑。」

「是。」

語畢，清霞就這樣握著美世的手緩緩踏出步伐。

美世不禁慶幸自己有戴手套出門。否則她高到不像話的體溫，恐怕早已讓清霞感到詫異。

染上一層淡淡雪白的景色，隨著兩人前進的腳步緩慢向後方流逝。

兩人接下來即將前去參拜的神社，位於比帝都中心更靠近自家的郊區。

依照往年的慣例，久堂家成員通常會前往據說一直守護著歷代祖先的舊都神社參拜，但今年恐怕得破例了。

不用說，原因當然是甘水直與其所率領的異能心教所帶來的威脅。

擁有夢見之力的美世是他們覬覦的目標之一，再加上異能心教又綁架了天皇。

目前，帝國人民仍對天皇失蹤一事渾然不覺，只是平穩地迎接、慶祝著新年。

（……能夠像這樣跟老爺一起過年，都是託堯人大人的福呢。）

待發燙的臉頰逐漸降溫後，美世望向兩人相繫的手，努力試著讓劇烈的心跳平靜下來。

去年年末，對異特務小隊的值勤所遭到甘水襲擊一事，至今仍鮮明地殘留在美世腦海之中。

然而，這個襲擊行動的用意在於聲東擊西，目的是為了讓異能心教成員乘隙前往皇居綁架等同於遭到幽禁的天皇。

天皇遭人綁架，理應是前所未見的重大事件才對。得知此事後，人民不可能還能像現在這樣平靜度日。這想必會引發足以讓國內天翻地覆的大騷動，除了像清霞這樣的軍人以外，甚至連平民老百姓都會動身協助搜索。

不過，針對天皇遭到異能心教綁架一事，堯人下達了嚴格的封口令。他嚴禁政府相關人士洩漏情報，違反規定者必須接受極度嚴厲的懲罰。美世的身分雖然是一般人民，但理所當然也是適用封口令的對象之一。

不能讓人民得知此事——這是堯人所做出的決定。

為此，十二月時雖然有動員一部分的軍人暗中展開尋找天皇的任務，但到了年末，這類行動幾乎都暫時中止，以便讓相關人士在年末年初好好休養身心。

「那個……老爺。」

「怎麼？」

「……我們……真的可以這麼悠哉嗎？」

聽到美世吐露出來的心聲，清霞沒有停下腳步，只是靜靜地轉頭俯瞰她。一雙淺色的眸子看起來十分平靜。

「既然堯人大人都下令要這麼做了，維持現狀或許也不成問題吧。」

「天皇陛下的事情……也是如此嗎？」

「嗯。倘若陛下真的陷入人身安危，堯人大人可以透過天啟的能力掌握情況。再說，堯人大人理應不會坐視這樣的問題不顧。」

對美世來說，天皇可以算是仇人一般的存在。

她的生母薄刃澄美仍在世的時候，要不是天皇刻意陷害薄刃家，澄美和美世想必也不用吃這麼多的苦頭，無須經歷那段煎熬的人生了。

只不過這麼一來，美世也有可能不會誕生在這個世上就是。

不管怎麼說，天皇並不是一名能讓美世打從心底景仰的人物；不過，儘管如此，她也不至於對素未謀面的他湧現強烈的憎恨情感。

只是，明明已經得知天皇失蹤，卻必須佯裝成一無所知的態度過自己的日子，讓她覺得很過意不去。

（……不，不對。）

美世嘆了一口氣。

她是明白的。明白自己只是想為這樣的狀況尋找一個理由，好當作「我現在沒有餘力正視自己的心情」的逃避藉口。

和清霞手牽著手的她，抬起頭眺望走在自己斜前方，紮起來的一頭長髮在身後搖曳的未婚夫的背影。

在對異特務小隊遭到甘水襲擊那時……確實浮現在美世心中的感受，以及昨晚和清霞唇瓣相疊時湧現的——那股溫暖的情感。

要是真的明白了這樣的情感為何，美世總覺得自己會變得不知該如何是好，所以一直無法試著深入思考。

「美世。」

「是……嘶！」

嚇了一跳的她，不小心發出了奇怪的聲音。好不容易冷卻下來的臉頰，現在又因為另一種原因而開始升溫。

「……我是不是該針對妳的反應說點什麼比較好？」

聽到清霞有些無奈地這麼問，美世感到更羞恥了。

「不，那個……請您……什麼都別說……」

不能在走路時發呆，不然只會發生令自己難為情的事情。美世不禁這麼嚴格約束自己。

「那麼，關於妳從一大早就很詭異的言行舉止，我也不要深究好了。」

「老……老爺……」

看來，清霞似乎一如往常地將一切都看在眼底。至於美世從今天早上，就表現得時而亢奮、時而消沉，表情隨時都在變化的原因，他想必也一清二楚。

看著美世愣愣地說不出話的模樣，清霞像是拿她沒轍似地吐出一口氣，然後露出微笑。

「妳不願意回答的話也沒關係，現在還不需要勉強自己。」

「……」

除了保持沉默，美世不知道自己還能怎麼做。

也就是說，清霞現在雖然不會逼她給出答案，但她總有一天仍必須好好面對自己的想法。

（我……）

美世壓根沒想到，自己竟然會迎來必須正視這種問題的日子。

一開始，她原本只想著能夠逃離齋森家就好，而後要是能過著平靜安穩的生活，就已經是夫復何求的幸福了。

然而——美世完全無法想像，竟然還有更勝於這樣的狀態，令她完全招架不住，甚至感覺自己不配得到的幸福存在。這原本應該是跟她最無緣的東西才對。

也因為這樣，她變得不知所措。

在略微羞澀的氣氛籠罩下，兩人緩緩走過恬靜的農村道路，最後終於抵達了帝都的外圍部分。

郊區一路上沒幾個人，但一旦進入帝都後，就能看到不少人在人行道上來來往往。他們或許都有著和美世等人相同的目的吧。

大家都換上了和新年的喜氣相呼應的華麗和服，呼出白茫茫氣息的臉上也帶著笑容。

美世和清霞重新牽好彼此的手，成為熱鬧人潮中的一分子。

「美世。」

「是。」

「話說回來……妳以往新年都在做些什麼？」

話才剛說完，清霞突然皺眉露出複雜的表情，隨後含糊地補上一句「不，當我沒問。」看著這樣的他，美世不禁輕笑出聲。

這就是清霞。

儘管有些笨拙，卻也相當溫柔。所以才會讓美世想要待在他身旁。

「沒關係的。現在，即使回想起那時候的事情，我也不會覺得難受了。實在很不可思議呢。」

「是真的嗎？」

「是的，真的是這樣……過去，每逢新年的時候，我都會待在娘家的宅邸負責看家。傭人們大部分都回老家了，至於其他家人──」

此刻，父親、繼母和妹妹的身影浮現在美世的腦海裡。不過，自然而然地以「家人」稱呼他們的當下，美世也只是覺得口中湧現些許苦澀的滋味而已，心情已經比過去平穩許多。

以往，她並不喜歡新年。

因為齋森家的人們忙著到處拜訪問候，在新年的前三天，美世能夠過著比較輕鬆的日子；然而，過了這三天之後，因為累積了不少四處奔波的疲倦和鬱悶，繼母和同父異母的妹妹時常會變本加厲地把她當成出氣筒。

家人不在的這三天，留在宅邸裡的少數傭人都會對美世很好，也會分一些年菜給她。不過，想到三天後等著自己的痛苦折磨，所謂的新年，實在只會讓她產生厭惡的想法。

就算那三人不在，她也不需要別人額外的溫柔對待。所以，新年不要到來最好。美世總是把自己關在房裡這麼想著。

「其他家人都會為了新年問候而忙著四處拜訪。我則是一如往常地在宅邸裡工作，感覺新年一下子就過去了呢。」

美世感受著從清霞大大掌心傳來的溫暖，努力讓自己展露微笑。

面對如此溫柔的未婚夫，她實在不願意把當時的慘澹心情一五一十說出來，結果讓自己的回答變得很制式。

不過，這樣就好。過去存在於美世心中那股宛如漆黑汙泥，足以將人完全吞噬掉的醜陋情感，沒有必要讓清霞知道。

因為，他已經給予美世足以將這一切剷除殆盡的光芒和溫暖。清霞總會以真摯的態度傾聽美世所說的話，正因如此，美世不想刻意說出這種會令他心痛的事情。

「這樣啊。那麼，妳不曾去新年參拜過嗎？」

「雖然沒有印象，但我想生母在生前應該有帶我去新年參拜過。在她過世後……花姨會帶著我跟宅邸裡的神棚拜拜。花姨離開後，我就一個人拜神棚。」

美世娘家招待客人用的大房間裡，設置了一座神棚。對美世來說，她唯一向神明參拜的機會，就是趁家人長時間不在家或是暫時外出的時候，偷偷來膜拜這座神棚。

聽到她這麼說，清霞打從內心感到不悅地沉下臉。

「這恐怕很難稱得上是新年參拜啊。」

「……是的。仔細想想，確實像您所說的……」

久堂家源於在舊都為朝廷效力的官人，而且還是主要負責祭神儀式的一族。基於這一點，美世不禁為自己的說法感到相當難為情。

「不過，也罷。從今年開始，妳就能好好到神社參拜了。就連同過去的份一起向神明祈禱吧——妳看，就在那裡。」

順著清霞的視線望過去，可以看見一座巨大的神社。

壯觀的屋頂和粗大的注連繩，看上去格外引人注目。從鳥居通往神社本殿的石磚路上擠滿了人，連賽錢箱前方也出現了長長的人龍。

這座神社並非帝都規模最大的，同樣能夠代表帝都，會舉行祭典的神社也還有很多間。儘管如此，這裡卻仍是人山人海的狀況，實在相當驚人。

「好多人呀！」

「別跟我走散了。」

兩人來到參拜客形成的隊伍最後方，一邊聽著人聲鼎沸，一邊耐心排隊。

不知過了多久，終於輪到美世和清霞參拜了。美世從自己的錢包裡取出零錢，投入賽錢箱裡。

清霞同樣將零錢投入賽錢箱後，兩人先是朝神殿行兩次禮，接著再拍兩下手。雖然有學習過參拜的相關知識，但沒能習慣這種做法的美世仍不禁有些緊張。她將雙手合十，在內心默默和神明說話。

（神明大人，今後，我該怎麼做才好呢？）

想當然耳，神明沒有回答她的提問。

但美世還是忍不住繼續傾訴自己心中的煩惱。

（我想跟老爺在一起，光是這樣難道還不行嗎？）

愛有很多種，友情、愛情、親情……那麼，美世對清霞懷抱的這股情感又是什麼？她渴望更進一步了解清霞，同時還會嫉妒其他親近他的女性，說什麼都不願意和他分開。她能夠為這樣的情感下一個定義嗎？

（——好可怕。）

自己所懷抱的這股親愛之情，究竟該如何歸類？美世相當恐懼得出這個問題的答案。

不同的個體所交織出來的情感，可以醜陋、劇烈到何種程度，她早已再清楚不過。同時，她也很明白這樣的情感，很可能將無關的他人捲入，侵蝕他們的身心，讓他們變得不幸。

感覺快要陷入思考的漩渦裡時，肩頭被人輕拍的觸感將美世拉回現實。

「美世，妳還好嗎？」

「啊，是的……」

美世慌慌張張放下合十的手，在一鞠躬之後從賽錢箱前方退開。看樣子，她似乎花了相當長的時間祈禱。

像是為了逃避在後方排隊的參拜客不滿的視線那樣，清霞拉著美世的手離開了隊伍。

「老爺，對……對不起。」

「沒關係。不過……看妳那麼虔誠，是許了什麼願望？」

被清霞這麼問，讓美世的心臟猛地抽動了一下。

她說不出口。不可能說得出來。仔細想想，自己似乎把難能可貴的新年參拜的機會，耗費在過於私人的問題上了。

若是自己內心的煩惱，就不應該找神明商量，而是試著自己思考才對。

突然為自己的行動感到羞愧的美世垂下頭。

「那個……我……是……」

要是老實說出來，想必只會讓清霞感到無言吧。更何況，這也不是能夠輕易表達出來的問題。

「我……」

沒等美世回答，清霞便這麼開口。

「我每年都會祈禱帝國平安無事。」

「是，我覺得這是個很棒的願望呢。」

這確實很像身為帝國軍人的清霞會許的願望。雖然不知道他為什麼突然道出自己的願望，但這讓美世再次為清霞崇高的人格感到敬佩。對美世內心的想法一無所知的清霞，之後又繼續往下說。

「不過，我今年又追加了一個願望。」

美世微微歪過頭仰望他。不知道是不是因為天氣很冷，清霞的耳朵看起來似乎有些發紅。

「老爺？」

「……希望——能跟妳……」

在關鍵的地方，因為清霞的嗓音變得低沉而沙啞，美世沒能聽清楚他說了什麼。

不過，她沒有繼續追問而沉默下來，因為她總覺得能夠想像出清霞完整的這句話。

（老爺一定跟我有著同樣的想法吧。）

想跟對方在一起，直到自己的人生落幕為止。

背對著主殿踏出步伐的美世，悄悄在心中追加了這個願望。

參拜完畢後，沒有特別約定好要去哪裡的兩人，隨意走在神社境內有著商店街並排的參拜道路上。

一直綿延到神社境內的參拜客隊伍雖然長得驚人，但商店街熱鬧的人潮也不遑多讓。

因為正值新年，各大店鋪裡除了不同尺寸的不倒翁以外，還能看到加上裝飾的破魔箭矢、熊手(註1)等祈求好運的商品。覺得這樣的光景很新鮮的美世，在前進的同時也忍不住看得出神。

「有看到什麼罕見的東西嗎？」

「咦！啊，呃……」

環顧周遭，美世才發現路上似乎沒有其他人像她為市集看得如此著迷。頂多只有年幼的孩童會表現出類似的反應而已。

這恐怕不是一名年紀不小的女性該有的行為，美世不禁漲紅著臉支支吾吾起來。

上方傳來清霞的輕笑聲。

「妳放心慢慢看吧。」

「那個，可是這樣有些難為情……」

說著，美世微微抬起視線，清霞臉上那柔和的微笑跟著映入她的眼簾。兩人就像這樣自然而然地凝視著彼此時——

在遠方的人群裡，一陣輕微的騷動混在喧囂聲之中傳開。

——不對，美世是在聽到人聲之後才察覺到異狀；但早在這之前，清霞便已經對騷動現場的一角投以犀利的視線。

「老爺？」

「我感覺到異形的氣息。」

「在這種地方……嗎？」

「嗯……」

清霞沉著臉含糊回應。面對未婚夫令人費解的反應，美世疑惑地跟著望向群眾所在的方向。

許多身穿和服或大衣的行人，在一處稍微寬廣的空地上圍成一個圓圈，幾名不知道是不是表演者的人物站在圓圈中心處。這群人潮似乎是為了看熱鬧而聚集起來。

美世看不到人牆另一頭的狀況。不過，看起來不像清霞所說的那樣有異形出沒。

「那裡感覺好像是在舉辦什麼活動呢。」

「不——那恐怕是異能心教吧。」

註1：為小型竹耙子加上各種日本傳統飾品而成的擺飾。

美世瞬間屏息。

（意思是——）

這幾天出現在報紙上的報導內容，隨即浮現在她的腦中。

在天皇遭到綁架的事件發生後，異能心教的勢力便開始急遽成長，現在，帝都的人民也都知道他們的存在。

異能心教——由美世生母澄美的前未婚夫候選人甘水直所率領，提倡反帝國思想的組織。

美世在近距離之下與其對峙的經驗，一次是在車站，一次是在自稱祖師的甘水闖入對異特務小隊的值勤所的時候。然而，光是這兩次的經驗，便讓她徹底體悟到甘水這名人物的威脅性。

對於天皇遭到綁架，以及主謀即為異能心教一事，帝國的人民們全都被蒙在鼓裡。

仗著這一點，他們以「異能心教可以使用異能，同時以透過這種超凡能力打造出全新世界為目標」這樣的口號不斷吸收信徒。

想當然耳，認為這完全是一派胡言、真實度值得懷疑的老百姓也很多，並非所有人都會擁戴異能心教。

然而，老百姓的確對異能心教暗中執行的非法活動一無所知，而他們持續推行的宣傳活動，也成為社會上注目的焦點。

圓圈狀的人牆正中央，佇立著三名身穿黑色大衣的人物。其中一人正以嘹亮的嗓音道出自身的主張。

「我們是隸屬於異能心教的平定團。在場的各位，請看看這個吧。」

另一名身穿黑色大衣的人物，高高舉起他拎在手裡的藤編鳥籠。

下個瞬間，現場再次一片譁然，人聲之中甚至摻雜些許尖叫聲。

險些跟著尖叫出聲的美世，努力嚥下自己的聲音。

「那是……」

一隻她從未見過的生物在籠子裡蠢動。

牠看起來接近黑色的深褐色皮膚，上頭散落許多白色斑點。雖然看上去像是使用四隻腳步行的野獸，但仔細看的話，會發現牠的外型宛如猿猴和鳥類混合而成。

牠的背上生著一對翅膀；前腳生著獸毛、有五根腳指，後腳則是只有三根腳趾的鳥腳；被深褐色羽毛覆蓋的頭部，生著一張泛紅的猿猴的臉，以及不斷發出奇特叫聲的黑色尖喙。

（好可怕，難道……那就是異形？）

來自本能的恐懼感，從五臟六腑的深處湧現，美世的脊椎也竄起一陣涼意。

「真是難以置信，竟然這麼為所欲為啊。」

這麼開口後，微微蹙眉的清霞從懷裡取出白紙，開始製作式神。完成的幾隻式神離開他的掌心緩緩浮空，然後乘著風飛去。

此刻，他的臉上已經完全不見方才的溫和表情，而是切換成沒有一絲破綻，看起來冰冷無比的軍人的容顏。

「老爺……」

「別在意，我只是聯絡了今天負責值班的隊員而已。雖然像那樣光明正大地出現在路上，但他們可是犯罪集團，是我們必須逮捕的對象。」

因為方才所見的光景過於震撼，微微顫抖的美世朝他點了點頭。

在這段期間，自稱平定團成員的人物仍繼續發表著演說。

「這是自古以來，便存在於這個帝國四處的怪物。我們稱之為『異形』——不過，亦可說牠們是妖魔鬼怪。若是置之不理，牠們會為人類帶來危害。」

以煞有其事的語氣這麼開口的同時，黑色大衣的男子還會加上各種肢體動作，讓自己的發言聽起來更有可信度。

儘管還不到忘我的程度，但大部分的圍觀者，確實都相當專注在男子的一舉一動上。

「老爺，為什麼……我能夠看見異形呢？」

這是美世二十年以來的人生，第一次用自己的眼睛目睹到異形。她不禁吃驚地這麼詢問清霞。

沒有見鬼之才的她，卻能清楚看見那隻異形駭人的形貌。這理應是不可能發生的現象才是。

不過，仔細觀察的話，可以發現能看見異形的人並不只有美世。聚集在異能心教成員周遭、八成不具備見鬼之才的大多數圍觀者，有些以一臉驚駭的表情指著異形所在的鳥籠，有些則是對其投以好奇的目光。

清霞將手抵上下顎，看起來像是在思索什麼。

「我已經收到好幾個關於相同現象的報告了。雖然目前還在調查，不過，這有可能是他們施展了能夠讓不具備見鬼之才的人看見異形的伎倆，又或者是另外打造出能讓不具備見鬼之才的人也看得見的異形。」

「這是有可能做到的事情嗎？」

這些實在太令人難以置信了。美世的嗓音微微顫抖著。

難道甘水真的有能力開發出這類超現實的技術嗎？

能夠看到異形的，僅限於擁有見鬼之才的人，或是能力比他們更高階的異能者。至今，這樣的事實應該都不曾改變過才對。

「我也不知道。不過，無論是異能或異形的研究，異能心教的成果都超前我們許多。就算他們成功開發出我們所無法掌握的技術，恐怕也不足為奇。」

聽到清霞透露出不甘的輕喃，美世內心浮現了像是感到焦躁，又像是有些許期待的一種令人不快的情緒。

她忍不住對仍堂堂正正地進行演講的異能心教成員投以怨懟的視線。

（如果這樣的技術真的存在，那我也……）

無論她再怎麼企盼、渴望，都絕對不可能得到的見鬼之才。

要是自己也有這樣的能力——她不知道湧現過這樣的想法多少次。

就連此刻，她也殷切期盼自己能和清霞目睹到同樣的景色。

（異能心教實在太狡猾了。）

他們總是像這樣刺激渴望獲得能力之人。即使明白這就是他們的策略，仍會不自覺落入圈套。

美世握著清霞的那隻手不自覺地使力，同時也開始微微顫抖。但清霞卻像是要安撫她那樣，以自己的手溫柔地回握她的手。

「美世。」

「是。」

「妳維持現在這樣就好。」

清霞的語氣聽起來十分堅定，沒有透露出一絲動搖。他強而有力的這句話，讓美世瞬間清醒過來。

「老爺……」

清霞所說的話，總是能讓美世重新振作起來。原本灼燒著胸口的欣羨和渴望的烈焰，似乎也緩緩熄滅，在化為一縷黑煙後消散。美世感受著內心這樣的變化，再次抬起頭望向人群所在的方向。

異能心教的演說仍持續著。

「這樣的異形自古以來便在這個帝國裡昂首闊步，但政府卻一直隱瞞牠們的存在，也沒有積極採行因應對策，對牠們所帶來的威脅視若無睹。就連現在，牠們也隨時都有可能危害我們的日常生活！」

不安的交談聲開始從人群之中擴散開來。

只要得知背後的真相，就能明白異能心教成員的主張根本是一派胡言。

政府並沒有刻意隱瞞異形的存在，只是大多數人都不相信這樣的真相罷了。

更何況，針對異形相關的問題，政府絕對沒有怠慢處理。即使對象是異形，政府也絕不會見一個殺一個，而是盡可能避免非必要的殺生行為。真正危險的異形出現時，清霞等人也會立刻前往消滅牠們。

異形確實存在於這個國家之中。然而，倘若是不會加害於人的個體，就沒有必要趕盡殺絕。這可說是再正確不過的處理方式。

相對的，異能心教所推崇的，則是連無辜的生命都一併排除的做法。

美世怎麼也無法贊同他們這樣的主張。

或許是為周遭人群開始動搖的反應感到相當滿意吧，自稱為平定團的異能心教成員們，再次大力提倡自身的主張。

「然而，我們異能心教和平定團跟政府不同。我們擁有能夠根除異形的『異能』，也會將異能傳授給真正擁有正義之心的人，積極地撲滅危害人類的異形。我可以在這裡保證，我們絕對能夠守護各位！那麼，請大家看這裡。」

語畢，黑色大衣的男子再次高高舉起關著異形的那個鳥籠。

裡頭的深褐色生物依舊一邊發出尖銳的叫聲，一邊在籠內不停暴動。

「現在，我們即將讓各位見證能夠消滅異形的神蹟。被稱作異能，只有天選之人才能夠得到的，超越人智的力量。請各位睜大眼睛看好了！」

繼舉高鳥籠和負責演講的男子之後，在一旁待命的第三名黑色大衣男子，現在朝前方踏出一步，伸出自己的右手，將掌心對準鳥籠。隨後，關著異形的鳥籠底部，開始湧現看起來像是水的液體。

在現場看熱鬧的群眾紛紛發出驚呼。

這是異能帶來的效果，所以當然沒有任何機關或障眼法。鳥籠裡湧現的水就這樣愈漲愈高，最後終於淹過了異形一半的身體。

「老爺……」

因為不安，美世忍不住揪住清霞的大衣衣袖。

再這樣下去，鳥籠裡的異形就會被異能心教成員的異能消滅。異形沒有實體，然而，卻也是確實存在於那裡的一個生命。

異能心教這樣的做法，就跟毫無意義地屠殺野生動物沒什麼兩樣。儘管不至於被定罪，但也絕不是什麼值得稱讚的行為。

不安的情緒開始在美世的胸口浮現、打轉。

既不是害怕、也不是悲傷，而是一種令人不快至極的感覺。

「等等——他們來了。」

「咦？」

聽到清霞這麼開口，美世順著他的視線望過去。

然後看到身穿熟悉軍服的一群人現身。

「好啦好啦，請讓我們過一下喔～」

以輕鬆的語氣這麼朝人群開口的，是走在最前方的五道。跟在他身後的，則是美世也看過的對異特務小隊的成員。

「我們是隸屬於帝國陸軍的對異特務小隊，麻煩讓一讓喔～」

聽聞陸軍的名號，又看到這群人身上的軍服後，群眾們全都以明顯到令人吃驚的態度朝一旁退開，讓路給五道等人。

「那麼，所有人開始行動，趕快把他們抓起來吧。」

「了解。」

五道以隨意的語氣這麼下令後，對異特務小隊的其他隊員們陸陸續續穿越人群，上前逮捕那幾名異能心教的成員。

在一旁看著他們採取行動片刻後，五道帶著滿面笑容，一邊揮手，一邊朝清霞和美世走近。

「非常感謝您的通報～」

「我說你啊……」

看到下屬嘻皮笑臉地這麼說，清霞不禁無奈地以手扶額。

「哎呀～您真的是幫了大忙耶！不愧是隊長。」

「你值勤的態度太吊兒啷噹了。」

「因為～要是不這樣開玩笑……感覺真的幹不下去呢。」

語畢，五道露出一臉疲態，以誇張的動作垂下雙肩，接著又嘆了一口氣。

臉上總是帶著開朗又輕浮的笑容的他，現在會變成這種模樣，事情恐怕非同小可。

「……您最近工作很忙碌嗎？」

聽到美世擔心地這麼問，五道猛地抬起頭來。

「沒錯！正是如此呢！忙到我都快要死掉了。新年才剛開始，竟然就發生這種給人添麻煩的事情。」

「美世，這傢伙的說法妳不需要當真。」

「您為什麼要說這種話呢！好像我刻意想博取美世小姐的同情一樣！」

面對幾乎要用力踩踏地面來表示憤慨的五道，清霞只是對他投以冰冷至極的視線。

「我有說錯嗎？你像這樣動不動開玩笑，可不是一兩天的事情了。」

「但現在是新年耶！就算今天是我值班，我也無法接受這種被恣意使喚的對待啊。」

「是你說因為休息了很長一段時間，所以想把累積起來的精力發揮在工作上，然後自願在今天值班的吧？」

被清霞這麼指謫後，五道以雙手掩面，「好過分……好過分喔……」地哀嘆起來。

看樣子，對異特務小隊的工作似乎一如五道所說的繁忙，但他本人的狀況並沒有什麼問題。

儘管如此，遇上異形相關問題時，對異特務小隊的對應確實相當迅速。

（好厲害呀，轉眼之間就……）

他們幾乎在抵達現場的同時，就馬上逮捕了異能心教的成員，並將他們帶走。至於讓美世在意不已的鳥籠裡的異形，也已經交到隊員的手上保管。

替異形的安危擔憂聽起來或許是一件很荒謬的事情，但美世仍默默希望牠能夠逃過被消滅的命運。

方才圍繞著異能心教看熱鬧的群眾，在遇上軍方的取締行動後，或許是因為覺得掃興，又或許是感到害怕，也慢慢從原地各自散開了。

不過，這幾天的報導，都提及了異能心教像這樣在帝都各處進行傳教活動的消息。

這次雖然圓滿落幕了，但想必也只是冰山一角而已。

「不過，說正經的。異能心教現在的活動範圍逐漸擴大，像這樣的演講，或是消滅異形的實際表演也變得愈來愈頻繁。現在雖然還是能讓隊長休假的狀況，但再過不久，光憑我們這邊的人力，恐怕不足以應付呢。」

聽到五道這麼說，清霞冷靜地點點頭。

「嗯──關於一般民眾也看得到異形的原因，有可能查出來嗎？」

「這個嘛……畢竟我們手上沒有樣本，就算可以提出假設，也很難透過實驗加以證明。不過，雖然不是毫髮無傷的狀態，但我們這次得到了關鍵的異形……」

至此，五道以不太自然的態度打住這個話題，然後轉動眼球窺探美世臉上的表情。

照他的說法，可以想像軍方應該打算把關在鳥籠裡的那隻異形用在相關實驗上。五道或許是擔心這樣的事實影響到美世的心情吧。

不過，美世也明白，光是上得了檯面的光鮮亮麗的作為，並不足以讓這整個世界運行。

「請您別在意我，繼續說下去吧。」

「不好意思……我想，之後研究應該多少會有進展。雖然還是不可能追上異能心教的研究成果就是了。」

「我想也是。回到值勤所之後，你就委託相關人員儘速展開調查研究吧。」

「了解。」

朝清霞行禮之後，五道便返回其他隊員的所在處。不管怎麼說，他仍是清霞優秀的一名下屬。

待五道離去後，清霞看似有些煩躁地伸出手撥亂自己的瀏海。

「抱歉，美世──」

「是的，我明白。」

確實察覺到未婚夫想法的美世，搶先一步點頭回應他。

在目睹方才的光景，又聽到清霞表示得通報軍方的時候，她便料到事情會這樣發展了。

「把這個收著。」

清霞將三張折得小小的白色紙片交給美世，看起來跟用來召喚式神的道具相同。

「有把我之前給妳的那款改良後的護身符帶在身上吧？」

「有……有的。」

這些想必是因應緊急狀況的護身用式神吧。

雖說沒有見鬼之才，但美世好歹仍是一名異能者，因此擁有一定水準的術師資質。

而清霞親手製作的那個護身符，在經過他的改良後，也變得能夠輔助術師發動術法。

對美世來說，想要從頭打造出式神雖然還很困難，但在有輔助的情況下，她現在已經能夠運用這一類的術法用道具了。

「我可能會花上一點時間，妳就在這裡等吧。我會盡可能讓視線不要從妳身上離開，但要是有個萬一，就發動那些式神。」

語畢，清霞便離開美世身旁，穿越緩緩散開的人群，朝下屬所在的方向追了過去。

美世目送著這樣的他的背影遠去。

老實說，這讓她感到有些不安。

不過，雖然是她的未婚夫，但清霞更是必須守護帝國和人民的異能者兼軍人。

美世無法說出要他陪在自己身邊、不要丟下自己一人這種任性妄為的要求。

他已經把美世的人身安全視為最優先考量了。剛才，就算看到異能心教出現，清霞也沒有馬上衝上前壓制他們，而是刻意找五道過來處理，想必也是因為顧慮到美世的安危。

她可以看到清霞在遠處向隊員們下達指令的樣子。

此刻，他也替美世打點好讓她能夠保護自己的措施，同時確保自己的身影出現在她的視野之內。他盡了自己所有的能力，來保護目前仍是甘水下手目標的美世。

因此，即將成為軍人之妻的她，除了默默目送清霞離開以外，沒有其他選擇。

（我也不能老是這樣靜不下心呢。）

美世將手中的紙片貼上胸前，然後緊緊握住。

◇◇◇

隔天早上，各家報紙都以大篇幅報導了「元旦當天有異形出沒神社」這樣的消息。

相關報導基本上都在詳細介紹異能心教的活動內容，以及他們口中的異形究竟是什麼樣的存在。

然而，也有報導批評了政府和軍方刻意隱瞞異形與異能至今的做法，通篇文字都透露出不信任感。

想當然耳，這讓清霞從一大早就沉著一張臉。

不知道該說些什麼才好的美世，默默將早餐的鹹年糕湯、燉菜和醋醃小菜等充滿新年氣息的菜色放在小茶几上。

「唉……美世。」

「是。」

發出一陣彷彿來自丹田的長長嘆息之後，清霞從報紙上抬起視線。

「我今天要去值勤所一趟，妳也一起來吧。」

「我明白了。」

「——妳要看嗎？」

美世點點頭，攤開清霞遞給她的報紙，以目光大致掃過上頭的文字。

異能和異形等字眼，一如所料地充斥在不算小的篇幅上，交織成足以喚起人們負面情感的文章。

文章指出，軍方其實一開始就成立了專門負責對付異形的部門——對異特務小隊。然而，在異形出現時，倘若他們真如異能心教的指謫那樣怠慢公務，帝國人民上繳的血汗稅金，究竟有沒有意義？

（為什麼……要用這種寫法呢？）

幾乎沒有任何帝國人民見識過對異特務小隊執行任務的現場。

但另一方面，異能心教積極推行的宣傳活動，只要是住在帝都，或是曾經造訪帝都的人，想必多少都有耳聞。

究竟是何者的主張比較能讓人採信——從客觀的角度來看，會出現這樣的質疑聲浪，或許也是無可奈何的事情。

更何況，一般人原本就不了解異能者這樣的存在。

歷代天皇的寶座，都是由擁有天啟這種異能的子孫來繼承。但這樣的事實，是只有會介入國家政事的部分成員才知道的情報，而非在一般國民之間普及的常識。

大多數的帝國人民，都不了解選拔皇太子的具體做法，只是單純相信天皇是神明的子孫，所以是極其高貴的。

再加上維新運動發生前，上流階級一直都將聽令於天皇、負責和異形戰鬥的異能者視為理所當然。然而，在科學取代怪力亂神而成為主流的現代，即使坐擁爵位，卻對異能或異形嗤之以鼻的人，也變得愈來愈多了。

能夠看見異形的人，以及人們遇上異形的機會，據說都比過去要來得少。

也因此，一般民眾對於異能者或異形這些存在的理解程度，幾乎可說是零。

然而，儘管如此。

大肆宣傳異能心教單方面的說詞，不分青紅皂白地指責軍方沒有作為。這樣的做法實在令人難以容忍。

或許是察覺到美世心中灰暗的情緒了吧，清霞以「妳別這麼生氣」輕聲規勸。

「一般社會的認知便是如此。打從遙遠的過去開始，能夠正確理解異能者這種存在的，就只有身處支配階級的人物，以及直接負責侍奉、效忠他們的人。事到如今，就算遭到誤解，也不足為奇。」

「可是，您做了那麼多努力……」

看到本人並不以為意的反應，美世頓時不知該如何宣洩心中這股無處可去的情緒。

她忍不住重重嘆了一口氣，眉毛也彎成八字狀。

下一刻，清霞像是安慰那樣輕輕將手擱上她的肩頭。

「別放在心上——問題在於接下來的社會反應以及相關的因應對策。」

異能心教目前所推行的，雖然都是一些小規模、短時間的活動，但這些活動已經在時常有大量人潮、容易吸引目光的地點舉辦過很多次。

在這樣的情況下，倘若報章雜誌又一連好幾天出現這類負面報導，除了相關情報會隨之擴散以外，恐怕也會讓輿論倒向批評政府和帝國軍的那一方。

被當成攻擊標靶的清霞和對異特務小隊，不知道因此承受多大的負擔。

面對在新年一開始就迸出來的這個惱人問題，無論清霞再怎麼安慰，美世仍無法不感到鬱悶。

「對了，美世，比起這個……」

「是？」

「我之前跟妳提過的那件事，差不多該開始準備了。」

聽到他這麼說，美世當下還有些一頭霧水，但片刻後隨即回想起來。

「您說的那件事……真的要開始進行了嗎？」

「因為堯人大人躍躍欲試啊。雖然也有很多人反對，但只要那位大人贊同，就不至於無望。」

那件事。

最可能成為異能心教下手對象的美世和堯人——讓這兩人待在同一個地方，再將兵力集中於此處徹底固守的大膽對策。

根據過去發生的一連串事情來判斷，異能心教明顯已經盯上美世；但除此之外，堯人的安全似乎也有疑慮。異能心教之所以會綁架天皇，八成是因為覬覦他的權威，但這樣一來，身為實質上的掌權者，且影響力也不亞於天皇的堯人，便會成為他們的眼中釘。

在不遠的將來，異能心教想必會設法除掉堯人吧。

前述的計畫便是在這樣的情況之下誕生。

說明得具體一點的話，基於讓堯人離開宮殿並非上策，所以由美世和幾名值得信賴的人物入宮，再讓以對異特務小隊為主的兵力集中保衛宮殿……這是堯人親自提出的方案。

不過，讓堯人離開宮殿雖然不妥，但開放大量的非皇族相關人士入宮的做法，從安全戒備的角度來看，同樣不甚理想。

最後，直到年末，政府和宮內省依舊沒有同意這樣的做法，因此美世也只是把這個提議當成「或許有可能實現的方案」看待。

看來，這個提議現在開始讓人有真實感了。

「那麼……」

「嗯，在堯人大人的行程穩定下來的一月七日後，對異特務小隊應該也會將據點移至宮殿內部，進一步強化皇居的警備體制。」

美世不知不覺中以手掩嘴。

真虧那種突發奇想的──雖然這麼說相當不敬──計畫能夠獲得許可。除了堯人以外，和他一起行動的大海渡，想必也貢獻了不少心力。

做為一個國家的中樞，同時也是帝國裡身分地位最為崇高的一族的住所，皇居便是如此封閉，也必須維持這種封閉狀態的關鍵場所。

清霞吐出一口氣，然後靜靜閉上雙眼。

「當然，屆時妳也必須一起來。至於要住上幾天的問題，我想……妳就準備能夠住上半個月左右的行李吧。」

「我明白了。」

看到美世點頭，清霞以「另外……」開頭，接著往下說。

「我打算讓姊姊和由里江也陪同妳一起入宮，相關聯絡我這邊會負責安排。」

「咦……可以嗎？」

這個出乎意料的好消息，讓美世感到相當吃驚。

這次的計畫中，皇居裡的保護對象是堯人和美世兩人。

說起來，光是要讓身為一般民眾的自己接受和堯人同等的安全保護，便已經讓美世惶恐不已了。在這樣的情況下，她擔心要是自己獨自待在皇居裡，恐怕會神經緊繃到食不下嚥的程度。

再說，既然住在宮殿裡，美世猜想會隨侍在自己身旁的，想必只會是軍方相關人士，或是宮內省的職員。

因此，聽聞葉月和由里江也能陪伴自己入宮的消息，美世頓時安心不少。

（姊姊是異能者，同時也是大海渡大人的前妻，所以倒還能夠理解；但沒想到由里江太太也能被允許入宮呢……）

想必是堯人和大海渡費盡心力所做的安排吧，美世不禁在內心深深感謝這兩人。

「給妳添麻煩了。」

看到清霞的兩道眉毛因愧疚而彎成八字狀，美世朝他搖搖頭。

「沒關係的，老爺……只要是我能夠做到的事情，我什麼都願意做。」

說起來，事情之所以會發展至此，也是因為美世被甘水盯上的緣故。她連感謝清霞都來不及了，怎麼可能還會嫌棄他給自己添麻煩呢。

真要說的話，應該道歉的人——

「我才是一直給您添麻煩的人，真的很對不起。」

說著，美世將併攏的指尖貼上地板，朝清霞低頭致意。

自己已經有多久不曾做出這樣的舉動了呢。

自從去年春天搬進這個家裡後，美世便再也沒有對任何人磕頭賠罪過。去年的這個時候，她明明每天都會理所當然地重複這樣的動作好幾次。

「別這樣，美世。」

聽到清霞不知所措的嗓音，感到有些想笑的美世帶著微笑抬起頭來。

來到這個家，來到他的身旁後，她第一次有種自己成為「人」的感覺。被他人誇獎、慰勞的經驗，不知讓美世找回了多少身為「人」應有的情感。

所以，清霞沒有任何必須向美世道歉的理由。因為他給了她無論多麼努力，都不可能還得完的東西。

「老爺，非常感謝您。」

聽到美世以平靜語氣道出的這句感謝，清霞以溫暖的手握住她的手做為回應。

果然還是現在這樣就足夠了。

沒有必要定義湧現於內心的這股情感，然後將它釋放出來。
美世悄悄將這份溫暖的心意藏在內心深處，不讓它被任何人看見。

第二章　在宮殿裡靜不下心的日子

儘管時間還不到正月初三，但清霞已經換上一如往常的軍裝，來到對異特務小隊的值勤所處理公務。

在新年的一大早出勤，讓他對身為未婚妻的美世感到相當過意不去。但美世或許早已自有想法了吧，她看起來非但沒有感到困擾，甚至還特地為清霞準備了便當。

來到值勤所之後，裡頭除了當天值班的成員以外，果然也能看到許多過來上工的其他隊員。

雖然是和自身密切相關的問題，然而，針對報紙上的那些報導，僅只是軍方基層部門之一的對異特務小隊，基本上也無計可施。

為此，就算沒有具體被指派什麼任務，覺得無法靜下心待在家裡，恐怕是大多數隊員共同的感受。清霞能夠想像他們的心情。

「隊長～大海渡少將馬上會過來這裡喔。」

聽到比自己更早來到值勤所的五道的提醒，清霞朝他輕輕點頭。

這天一早，清霞的辦公室就因大量的陳情書和諮詢文件，而陷入一團混亂的局面。

這些書面文件幾乎清一色是人民的投書，針對內容提出大略的報告後，其實就可以忽略它們，無奈整體的量實在是太多了。

再加上除了異能心教相關的事件以外，異形相關的目擊情報份量也變成以往的好幾倍，目前似乎連軍方本部都因為忙著對應而陷入水深火熱之中。

然而，清霞等人無權阻止人民投書，也沒辦法把已經擴散出去的話題收回，只能在每個問題發生的當下，以臨機應變的方式處理。

五道露出一臉厭煩的表情，粗魯地將文件扔在辦公桌上。

「……我再整理一下文件就過去。」

「咦～那我可以跟您一起去嗎？」

清霞沉思了半晌。

雖然五道很明顯是為了逃離繁瑣的文件處理工作而這麼說，不過，讓身為副官的這個男人陪同自己露面，並不是一件壞事。

畢竟，今後若是發生什麼狀況，清霞不見得每次都能夠即時下達指示或是一直留在事件現場指揮。

「好吧。那麼，你先把某個範圍的雜務交接給不用輪班卻過來工作的人。」

「是～太棒了。」

嘆了一口氣之後，清霞從座位上起身。

這麼對話的時候，不知不覺也到了大海渡即將造訪的時間。兩人先暫時擱下桌面上的大量文件，朝值勤所的玄關走去。

沒過多久，搭乘轎車前來的大海渡現身。

「抱歉啊，清霞。在這種日子把你找過來開會。」

「不，今天勞煩您跑這一趟，實在相當抱歉。」

「五道，你也辛苦了。」

「不會不會，請您不用在意我。」

身為軍方高層之一的大海渡，必須親自出面處理異能心教相關的舉報或是報導，因此恐怕是將這幾天的新年假期都奉獻給工作了吧。從他那張頗具威嚴的臉上，可以看出幾絲疲態。

「不過，清霞，這可是你難得的假日。你應該也想放輕鬆休息吧？」

聽聞上司的這句話，清霞故作平靜，面無表情地表示「這是我的工作」後，對方以像是在說「你這個頑固的傢伙」的眼神回應他。

清霞好不容易才用「這也是無可奈何的情況」說服自己，但要是大海渡持續追究這點，他的內心感覺又會開始動搖，所以他其實希望大海渡別再說了。

前往會客室的路上，清霞像是以牙還牙那樣輕聲開口。

「在假日拚命工作這點，您也是一樣的吧？平常的忙碌或許無法避免，但這三天的新年假期，我還以為您多少會休息一下。」

聽到他這麼說，大海渡原本就很凝重的表情變得更嚴肅了。

「……說得也是，抱歉。」

「不知道是不是我多心了，但家姊看起來似乎也有點寂寞。請您再帶著旭一起去看看她吧。」

昨天返家前，雖然已經是太陽徹底西沉的時間，但清霞仍繞道前往久堂家的主宅邸，和姊姊葉月互道新年祝賀。

去年年末，這兩人才在私人派對上見過面，但身為前夫的大海渡沒能在新年時來主宅邸拜訪問候一事，似乎讓姊姊有些擔心。無法見上親生兒子旭一面，也成了讓姊姊記掛的事情。

聽到清霞這麼說之後，大海渡臉上也浮現像姊姊那樣略微憂鬱的表情。

「嗯，等事情告一段落之後，我會去探望她。」

走進被打掃得相當乾淨的會客室之後，清霞和大海渡在面對面的沙發上坐下。五道表示要去為兩人泡茶，接著便從剛剛過來的方向往回走。

沒等茶水端過來，清霞和大海渡便馬上進入討論的正題。

「你知道堯人大人的計畫已經被批准執行了吧？」

「是的。」

為了讓相關人士能夠在正月七日後隨即入宮，各方面的準備作業都已經開始了。

（異能心教的目標，無疑是取堯人大人的性命，還有活捉美世。）

關於這點，熟悉內情的人幾乎都有著相同的見解。

一開始，異能心教會選擇先綁架天皇，是為了得到他的權威。

綁架天皇，讓他成為聽令於自己的傀儡後，只要再除掉身為實際掌權者的下一任天皇堯人，就再也沒有任何人能夠干預異能心教的行動。這樣一來，他們便能打著天皇的名號，恣意操控這個國家。

因為，這個國家沒有其他能夠追隨服從的對象。儘管還有好幾名身分地位同樣崇高的人物，但他們全都不具備天啟的異能，因此也沒有資格繼任天皇。

雖然有形式上的繼承順位，然而，治理國家的能力、異能、見鬼之才，還有人望——可以想見國家中樞會為了人選們是否具備這些要素而爭論不休的局面。

所謂「瘦死的駱駝比馬大」，除了天皇駕崩的情況以外，現有的制度不認同其他人物替代他的做法。即使天啟的能力日漸衰退，天皇仍是整個國家運作的指標。

基於上述理由，異能心教的目的很可能就是綁架天皇，而後再殺害堯人。

至於美世，也是他們無法置之不理的存在。因為她擁有夢見之力。

夢見之力，是能夠讓施術者潛入他人的夢境之中，並操控對方夢境的力量。無論是在夢中洗腦他人或是將對方困在夢境之中無法清醒過來，都是易如反掌的事情。

當然，美世並不會做出這樣的行為。然而，要是異能心教以挾持人質之類的方式威脅，讓她陷入不得不施展異能的窘境，情況恐怕就不同了。

（雖然無法否認私情的因素，但……）

撇開這點不談，一旦美世被異能心教擄走，無疑會招致相當大的危險。

將所有兵力集結於皇居的做法，感覺有如自斷退路的背水一戰，所以清霞其實不太能接受。不過，想同時保護堯人和美世的話，前者的這個提案確實是最有效率的策略。

「已經得到政府和宮內省的同意了，你那邊就按照計畫進行吧。」

清霞將不滿的情緒掩藏起來，只是老實地點了點頭。

「我明白了。」

大海渡想必也察覺到清霞內心的不滿了吧，但他並沒有開口道破這一點。

對話至此中斷後，五道像是刻意算準時間那樣端著托盤走了進來。

「讓兩位久等了～」

待他將兩人份的茶水和點心放在桌上後，討論內容隨即轉移到下一個話題。

「——此外，關於異能心教這陣子以來的活動以及相關的新聞報導……」

聽到大海渡的這句話，清霞內心緊繃的情緒，隨著每一次心跳流竄至他的身體各處。

異能心教的取締行動，目前進度落後了不少。

關於不具備見鬼之才的人也能夠看見異形的現象，調查遲遲未能出現進展。異能心教能夠如此猖狂地散播謠言，恐怕得歸咎於負責處理異形相關事件的對異特務小隊的領導人清霞身上。

倘若能確實掌握甘水，或是跟他站在同一陣線的寶上的行動，事情或許就不至於演變成今天這番田地。然而，對異特務小隊卻再三錯失良機，這很明顯是清霞失職。

他沒有任何辯解的餘地。

「你別這麼緊張。畢竟這算是極度反常的狀況，所以我也沒有要責備你的意思。更何況，我們對異能和異形的相關研究落後異能心教一大截，也絕不是你的錯。堯人大人也說這是無可奈何的事情。」

「可是，應該有更妥當的處理方式才對。」

對已經過去的事情鑽牛角尖，是一種缺乏建設性的行為。然而，已經數度被甘水實際玩弄於股掌之間的清霞，實在無法以豁達的心態來看待此事。

看著這樣的他，大海渡的嘴角微微上揚。

「別說這種不像你會說的話啊。要是你的話，與其懊悔，應該會把心力用來思考下一步該怎麼走吧？我也認為這麼做比較好。」

「……不敢當。」

清霞輕輕垂下頭致意後，大海渡吐出一口氣，然後輕撫自己的下巴。

「說起來，這次發生的事件原本就很弔詭。」

「您說弔詭是指？」

「針對異形，政府應該打從一開始就進行了徹底的情報管理才對。」

異形和異能相關的話題，一直都在政府的管理約束之下。

雖然偶爾也會有漏網之魚的情報被公諸於世，但基本上都會控制在讓世人聽到之後，只會一笑置之的小規模程度。

要是有報社或記者試圖把事情鬧大，之後一定會被政府盯上。

因此，照理來說，無論異能心教引發了什麼樣的騷動，各大報社也不可能針對異形和異能，同時發布大篇幅真偽難辨的報導。

「究竟是哪部分的規定出現疏漏呢……雖然政府已經對報社施壓，也要求他們發布更正啟事的報導，但恐怕無法得到太理想的效果吧。」

就算更正了先前的報導內容，也只會反過來讓人民湧現「因為之前發表的真相對軍方不利，所以報社遭到施壓，被迫修改原本的報導內容吧」這樣的想法，到頭來反而讓相關報導的可信度提升。

關於異能心教指控政府和軍方隱匿真相的說法，刊登相關報導的報社並不只一兩家，而且類似的報導也反覆出現了好幾次，足以讓民眾徹底相信這樣的內容。事到如今，就算發布更正啟事，也只是亡羊補牢。

「想扭轉社會觀感，或許也只能先在其他方面立下功績，然後再讓報社大肆報導了吧。」

「正是如此。只是，這也不是一兩天就能做到的事情。」

想讓軍方立下大功的話，恐怕只有發動戰爭一途。

因此，這種情況下，最妥善的做法就是——

「只能徹底禁止異形相關的報導，然後靜待這場風波自行平息，是嗎？」

站在清霞身旁的五道舉手這麼插嘴。

大海渡以陰鬱的表情回以「沒錯」。

（然而，就連這樣的冷處理，都進行得相當不順利。）

畢竟，過去從未因為政府的情報管理體制出現漏洞，而招致這樣的事態。從這點來看，這次的事情，恐怕是有內奸從中牽線。

而且這名內奸，還是跟政府關係密切，肩負國家運作任務之人。

對方想必有什麼目的。例如陷害政府、軍方，或是對異特務小隊這樣的目的。

而在異形相關情報逐漸被民眾淡忘前，這名人物也不可能一直安份守己。

今後，若是異能心教的指控和他們的活動更進一步滲透民間，異能者的形象被幾可亂真的謠言抹黑，也只是時間問題罷了。

『祖師打算開創一個全新的世界。一個讓所有人類都可能獲得異能的世界。』

寶上家的男性異能者高聲道出的這句話，此刻再次浮現在清霞腦中。

要想像這樣的情況很輕鬆。

倘若要開創一個所有人類都可能獲得異能的世界，那麼，勢必得先讓所有人類都知曉異能這種能力的存在。

（掌握一定的權力，讓異能和異形的情報在全國上下流通，同時增加人造異能者。這樣一來……）

從甘水至今的行動，自然而然可以判斷出他的目的。

首先，是透過天皇持有的權威，廢除國家現有的體制和做法。

異能心教主張異能者可享有優渥的待遇。

新生的帝國，將會由體能和各方面的能力都比一般人更加優秀的異能者來運作。另一方面，即使是沒有異能的凡人，也可以晉升為人造的異能者。

而站上這個國家頂點的，便是薄刃家。

薄刃家的異能者能夠操控人心。也就是說，他們的位階高於包含所有異能者在內的任何一個人。

不具備異能的一般人，由異能者來支配，而這樣的異能者，再由薄刃家來支配。可以推測出異能心教的目的，便是創建這樣的體制。

（甘水先前的行動，也全都是相關的初步準備。）

無論是綁架天皇、將勢力滲透至政府內部，或是宣傳異能者和異形的存在，都是這個計畫中的基礎。

徹底瓦解目前的帝國體制，再打造出能讓異能者，尤其是薄刃家的異能者站上尊貴地位的嶄新制度。現在，甘水就是在建造為了達成這個目標的地基吧。

待甘水達到這樣目的後，再也沒有半點用處的天皇，想必就會被他殺掉吧。

這樣一來，別說是異能者的存在意義了，甚至連天皇的存在意義，都跟任由甘水擺布的玩具沒什麼兩樣。

自己所選擇的這條前行之路，真的是正確的嗎？清霞遲遲無法拭去心中的疑惑。

「——清霞。」

「是。」

「你要做好心理準備。」

大海渡以僵硬的表情沉重地開口告誡。清霞沒有反問是什麼的心理準備，即使不問，他也很清楚。

必須讓軍人做好心理準備的，就只有一件事。

清霞握拳的雙手不自覺地使力。他朝五道瞄了一眼，發現後者的表情也有些僵硬。

「是會發生內亂的意思嗎？……呃，非常抱歉。」

五道不由自主地開口，接著又慌忙向兩人賠罪，但被大海渡輕輕揚起一隻手制止。

「不，沒關係……畢竟還沒有出現明顯的徵兆。只是，堯人大人似乎有預感會發生大規模政變這一類的事情。」

倘若清霞的推測正確，政變恐怕是一定會發生的。

異能心教和甘水為了顛覆這個國家……為了瓦解這個國家的一切，再將其竄奪過來的政變。

一旦爆發政變，就算甘水的計畫沒能成功，政府和軍方也不可能全身而退。當然，對異特務小隊也不例外。

清霞下意識伸出手揉了揉自己的眉心。

（我的……我該做的是——）

身為一名軍人，身為效忠皇族的異能者，清霞應盡的職責並沒有改變。

只是，比這些更優先出現在自己腦海裡的，是未婚妻的臉龐。這讓清霞忍不住浮現「只要能好好保護她，或許就夠了」的想法。

說不定，這樣的自己，早已不配當一名軍人或異能者了。

◇◇◇

迎面撫來的和煦微風，帶著淡淡的、清爽的草木氣息。

回過神來的時候，美世發現自己佇立在不知是夢境或現實，看起來曖昧而模糊的一片風景之中。

（這裡……是薄刃家嗎？）

傳入耳中的，只有樹葉沙沙作響的聲音。眼前這個風光明媚、古色古香的庭園，美世總覺得在哪裡看過。

美世的生母澄美在嫁入齋森家之前居住的房舍。經過改建後，雖然現在外觀已經截然不同，但依舊是美世的外祖父義浪和表哥新所守著的那個家。

大概存在於過去某個時間點的這個薄刃家，跟美世目前所認識的薄刃家，除了外觀以外，感覺上連氣氛都大不相同。

（我是在作夢吧……沒錯。我以前也做過跟薄刃家相關的夢。）

從久堂家別墅返回帝都時，美世一行人曾在車站遇見甘水。之後，她就夢到了和現在這個場景一模一樣的地方。

在之前那個夢裡，她看到澄美和甘水直感情融洽地對話的光景。那麼，這次又是什麼樣的夢？

美世低頭俯瞰自己輪廓模糊的雙手，以夢中的朦朧意識思考起來。

真要說起來，她不明白自己為什麼會像這樣再次夢見過去的薄刃家。

雖然還算不上徹底，但夢見之力現在大致都在她的控制之下，至少已經不會再擅自發動了。

這樣的話，或許就是美世不自覺地施展了能力。不過，這種事情有可能發生嗎？

『這個家……繼續這樣下去，真的好嗎？』

一個少女的嗓音打斷了她心中的疑問。

傳入美世耳中的，果然是不存在於她的現實記憶中，卻讓她在夢中聽過好幾次的生母的聲音。

這是在前一個夢境幾年之後的光景呢？

她的嗓音少了些之前跟甘水對話時透露出的天真爛漫，帶著憂鬱的感覺。

『澄美，妳別擔心。我會想辦法……一定會想辦法做些什麼。雖然我不喜歡薄刃家，也不喜歡甘水家，但為了妳，我願意。』

接著，乘著風傳來的，是甘水的低語。

稍微往前走幾步之後，美世在庭院裡的樹蔭下發現了兩人的身影。

澄美垂著頭坐在巨大的樹根上。甘水則是在她的面前蹲下，像是要安慰她那樣握著她的手。

『謝謝你，直。可是，想必無法解決吧。因為，對我們家施壓的……或許是連我們都無力違抗的，身分地位崇高不已的對手呢。』

聽聞澄美的這句話，美世領悟到這是薄刃開始家道中落那時的過往。

關於之後發生了什麼事，美世已經聽義浪詳細說明過了。澄美的擔憂化為現實，而後襲向薄刃家。

因為，她所說的身分地位崇高不已的對手，正是現任天皇。

面對露出苦澀表情的澄美，看起來還想繼續鼓勵她的甘水，雙眼似乎一瞬間閃過犀利而冰冷的光芒。

『澄美，妳不需要在意這種事情。讓妳困擾、痛苦、悲傷的那些東西，我全都會把它們摧毀掉。』

『……我不是說過不可以行使暴力嗎？』

『行使暴力也不見得一定是壞事啊。把討厭的部分破壞、破壞、再破壞之後，將剩下的溫柔的部分、喜歡的部分收集起來，打造出一個全新的模樣。我們一起來重新打造，讓一切成為專屬於妳的東西。成為為了妳而存在，只對妳展現溫柔的事物。』

一陣恐懼從美世的背脊竄起。

不過，感到害怕的，似乎僅限於為旁觀者的她。當事人澄美只是露出一個無奈而虛弱的笑容。

『真是的，你怎麼可能做得到這樣的事呢？別再說這種孩子氣的玩笑話了啦。我非～常明白你的心意了。』

不對，甘水這番話並非在開玩笑。

他想必是真心的。不久之後，他就成立了異能心教，就連現在這一刻，都在試圖成就某個遠大的目標。

美世不自覺地後退了一步。往後方踏出的那隻腳，在踩到地面的碎石後發出輕微的沙沙聲。

「啊……」

有些慌張的她，忍不住輕呼一聲。

這裡是美世的夢境，夢中的人物不可能察覺到她的存在，但她一瞬間仍擔心自己偷窺的行為被發現。

美世隨即以雙手掩住自己的嘴。她原本沒有必要這麼做。理應沒有必要這麼做才對。

（咦！）

不知為何，甘水緩緩轉過頭來。

動作不帶一絲迷惘的他，最後面對的方向，正是美世所在的地方。

（為什麼……）

青年以那雙透露出詭異光芒的眸子望向這裡。

震驚到心臟幾乎要停止跳動的美世，因為緊張——變得像是被蛇盯住的青蛙那樣無法動彈。下一刻，夢中的她便失去了意識。

準備入宮的這天早晨，是個天空一片蔚藍的晴朗冬日。

一起早早用過早餐、做好出門的準備後，即將離開這個家一段時間的美世和清霞，仔細地將每一扇門窗關好鎖上。

像這樣東忙西忙的時候，美世就不會有餘力去反覆思考昨晚的那個夢。

（之後再說……應該沒關係吧。）

在夢中窺見的年輕甘水的雙眼。

雖然美世感覺他確實注視著自己，但那畢竟只是在夢中發生的事情，或許只是她想太多了。更何況，就現在的狀況而言，這也不是什麼緊急的事情。

為了驅散腦中無謂的想法，美世再次確認已經打理好的住宿用行李。

她把確認完畢的行李一一拿到玄關，再由清霞扛進轎車裡堆放。

將行李全數放上車後，裡頭剩下的狹窄空間，僅能讓美世和清霞兩人勉強再擠上去。

「……還好有先把一部分的行李送過去啊。」

坐上駕駛座後，手握方向盤的清霞朝後方瞄了一眼，然後這麼輕喃。

美世也輕笑著點頭。

「是呀。對了，姊姊和由里江太太會直接到現場跟我們會合，是嗎？」

「嗯，我有交代她們直接到皇居集合。」

轎車在已經融雪、帶點潮濕的道路上開始緩緩前進。

聽說，對異特務小隊已經在兩人接下來即將前往的皇居裡頭，設立了一個簡單的分部。

清霞等對異特務小隊的成員，會以類似露營的方式駐留在宮殿裡，隊員們也可以輪流返家休息。

另一方面，美世和陪同她入宮的葉月、由里江三人，則會住在有走廊和堯人專用宮殿相通的另一棟建築物裡。

這棟建築物原本似乎是在舉辦祭典時，用來當作小規模的會場或休息室的場所，因此並不適合作為住宿空間使用，但現在可不是抱怨這種事的時候。

由對異特務小隊的異能者們擔任施術者，以異能設下結界，然後負責守護堯人所在的宮殿，以及美世等人借住的那棟建築物。

在帝國身分地位最崇高的一族所居住的宮殿裡借宿，甚至還讓異能者們用保護下一任天皇堯人的警備體制來保護自己，這讓美世戒慎恐懼到幾乎無法動彈。

整個身體僵硬不已，又差點忘了該怎麼呼吸的她吐出一口氣。這時，身旁的清霞以「沒事的」安慰她。

「堯人大人也說會盡最大能力幫我們打點一切。這位大人的個性原本就不會太過一板一眼，妳當作自己現在是到某間旅館投宿就好。」

「……您說旅館……」

倘若只是暫住在某間旅館，美世也不至於這麼緊張了。要她把堯人居住的宮殿當成旅館，實在是不可能的任務。

換作是自幼便和堯人有交流往來，早已習慣彼此的清霞的話，或許還沒問題。

（更何況，我並不是什麼有資格親近堯人大人的人。）

雖說美世的娘家也屬於異能者家系，但齋森家因為無法孕育出強大的異能者後代，早已無力遂行身為異能者的職責。而且，現在雖然進步不少，但美世原本可是個沒有受過多少教育，對禮儀教養一無所知的粗鄙之人。

一般情況下，要是上流階級的家庭裡出了這樣的女兒，其他家人必定會將她視為一家之恥，不會讓她出來拋頭露面。最後頂多是懷著想擺脫燙手山芋的心情，把她隨便嫁給某個風評不太好的人家，又或者就這樣一直將她幽禁在自宅裡頭，到死都不讓任何人得知她的存在。

美世也不例外。她被迫代替同父異母的妹妹，嫁給傳聞中個性冷酷無情的清霞。

因為清霞是個溫柔的人，美世現在才能如此幸福；要不然，她原本應該一輩子都過著慘澹辛酸的日子才對。

有著這樣的出身背景的她，儘管只跟堯人見過一次面，說過一兩句話，現在卻要到對方的住處叨擾，甚至暫時住下來，實在有些超出常理。

「對自己更有自信一點吧。現在的妳，已經是久堂家當家的未婚妻了。大可擺出『皇居算什麼呢』這樣的態度，在這裡昂首闊步。」

清霞這句出人意表的發言，讓美世吃驚地瞪大雙眼。

他是一直以異能者的身分走到今天的人，異能者都必須宣示效忠擁有天啟異能的天皇或皇太子。

會從他口中聽到「皇居算什麼」這樣的說法，讓美世著實感到意外。

不過，在明白清霞是不惜這麼說，也想讓她打起精神後，儘管這種情況下不應該笑，美世的嘴角仍忍不住上揚。

「謝謝您。我會努力的，努力讓自己更有自信。」

「呃，不……我想，自信恐怕不是努力就能夠擁有的東西。既然姊姊也在，妳覺得困擾的時候，仿效她的做法，或是照著她的說法去做，就不會有錯……應該吧。」

「是，我會好好向姊姊看齊的。」

「不過，妳也不要仿效得太過頭……」

兩人這麼交談時，轎車駛進一條讓美世有些陌生的道路。

平常幾乎不會靠近的場所……終於就要抵達皇居了。

即使同樣座落於帝都之中，皇居周遭的風景呈現出來的氛圍，感覺就是跟其他地方不太一樣。

跟鬧區相較之下，這裡的行人少了很多，也比較少見西式和日式風格同時存在、外觀看起來五花八門的建築物。仔細觀察的話，可以發現這裡有很多大企業的建築物，走在路上的，也大部分是身穿西裝的上班族，整體呈現出一種平靜穩重的氣氛。

將皇居和外界阻隔開來的莊嚴大門外頭，除了負責守門的警衛以外，還有幾名身穿軍裝的人物。

美世似乎都曾在對異特務小隊的值勤所裡頭看過這些人。發現坐在轎車駕駛座上的人是清霞後，幾名軍裝男子連忙端正自己的站姿，然後朝他行禮。

清霞將轎車停靠在大門附近。

「有勞你們了。」

「隊長，您也辛苦了！」

「這輛車暫時停在這附近沒關係吧？」

「是的！沒問題。」

朝代表其他人回應自己的隊員點點頭之後，清霞再次踩下油門。皇居外圍有一道城牆圍繞，他將車子停駐在大門附近的靠牆處。

「接下來要一直走到穿越第二道大門的地方，妳沒問題吧？」

聽到清霞這麼問，美世不假思索地點頭回應。

然而，兩人帶來的行李相當多。光是美世個人的物品，就已經裝滿了三個大包包，感覺不是一次就能搬運完畢的量——她這麼想的時候，剛好有兩名隊員走過來表示要幫忙搬運行李。

只要運用念力這類的異能，搬行李這種工作可說是易如反掌；但異能者之間有個不成文規定——除了事態緊急，或是必須對付異形等迫不得已的情況下，必須極力避免在一般人面前施展異能。

美世拎著裝了貴重物品的小包包，跟在抬頭挺胸穿越城門的清霞身後前進。

從最外側的門踏進宮殿裡頭之後，得先走過一座巨大的橋梁。

這座橋梁架在一道又寬又深、圍繞著皇居的壕溝上方，寬度可以輕鬆容納兩台轎車同時通過，以步數來換算長度的話，則是約莫要走一百二十步那麼長。

模樣。

美世將視線從前方移向橋下的壕溝，發現裡頭的水呈現混濁的綠色，看不清水底的模樣。

走過這座橋之後，眼前出現了另一道大門。一行人剛才穿越的是外門，前方這道則是內門。據說這道門後方的腹地，又以壕溝、池塘等水域或城牆細細劃分成多個區塊，用以防禦外敵的入侵。

穿越第二道門之後，前方可見鋪設得整齊美觀的道路以及許許多多的庭院。

現在是無緣欣賞庭園景致的冬季，不過，如果在春季或夏季造訪這片種滿美麗的花草樹木的庭院，想必能看到色彩繽紛的動人景色吧。

一輛馬車停駐在前方。

難道接下來要搭乘那個嗎？

正當美世感到吃驚的時候，清霞適時替她做了簡單的說明。

「那是在皇居腹地裡移動時專用的馬車。原本是提供賓客使用，但堯人大人特別為我們準備了。」

「好……好驚人呀……」

現在這個時代，以馬拉車的陸上移動方式逐漸式微，取而代之的是腳踏車、轎車或火車等交通工具。

直到一年前都還被限制外出的美世，今天是第一次親眼看到真正的馬。

「我們要搭乘這輛馬車前往堯人大人所在的宮殿。」

看到清霞筆直朝馬車走去，美世也跟上他的腳步。

負責拉馬車的這匹馬，並非出自帝國本土，而是從西洋進口的品種，據說體型比較巨大，也比較有力。看著牠彷彿能夠輕易將自己踹飛的體格，美世不禁為之震懾。

至於馬車的部分，採用的不是箱型設計，而是加上一片簡易天篷的露天式座位，造型感覺跟人力車有點類似。不過，不愧是皇居裡頭專用的馬車，看起來完全不會給人廉價的感覺。就連座位表面使用的布料，也看得出來是最高級的素材。

美世在清霞的攙扶下，先行坐上位置偏高的座位，清霞則是在她之後自力爬上馬車。

看到兩人確實就座後，馬伕拉起韁繩，馬車開始跟著緩緩前進。

美世一邊聽著喀啦喀啦的車輪轉動聲和清脆的馬蹄聲，一邊環顧周遭。位於窄小壕溝另一頭的，感覺是和皇居相關的設施。在幾棟看起來像是公家機關的建築物外頭，可以看見正在忙碌奔走的人群。

較遠處有個林木叢生，外觀宛如森林的區域，看起來跟庭院的感覺不太一樣。

最引人注目的，是座落於正中央、規模特別大的一座宮殿，那或許就是天皇的住所吧。看在美世眼中，這座皇居和其腹地簡直就像是一個小型的城鎮，應該說是國家。

馬車在平整的小路上前進，穿越了幾座橋、水池和壕溝，從正中央的巨大宮殿旁離開後，在前方的一座宮殿外頭停下。

這是為了皇太子堯人而打造的宮殿。

儘管比天皇專用的宮殿小了一圈，看上去仍是氣派又寬敞。

待美世和清霞走下馬車，幾個熟面孔隨即向他們靠近。

「啊，美世妹妹！」

「姊姊。」

率先走過來的，是清霞的姊姊葉月。

前些陣子以來，美世多半都在對異特務小隊的值勤所裡度過每一天，所以也比較沒機會繼續向葉月學習淑女應有的禮儀教養。但到了年末和新年，和葉月見面的機會增加了，這讓美世覺得很開心。

清霞則是老樣子，面無表情地望向自己的姊姊。

「姊姊……」

「哎呀，怎麼啦？其他隊員們都已經上工了喲。你也快點去跟他們會合吧。」

「用不著妳說，我也打算這麼做。」

聽到姊姊的提醒，清霞看似不悅地皺起眉頭。

在現場的氣氛變得有些緊繃時，由里江從葉月身後探出頭來。

「少爺、葉月大人。兩位在這種地方吵架，感覺不太妥當呢。」

只要一見到面，就會開始鬥嘴的這對姊弟，聽到她再中肯不過的指謫後，連忙收斂自己帶點火藥味的態度。

看到現場的氣氛穩定下來後，美世抓住機會，以輕輕一鞠躬的方式打招呼。

「早安，姊姊，還有由里江太太。」

「您早，美世大人。」

「早安，美世妹妹。」

「那個……暫時要麻煩妳們照顧了。」

這兩人是為了陪同美世入宮而來到這裡。

雖然有聽說大概會在這裡住上半個月的時間，但在不明白實際上究竟會住多久的情況下，這兩人仍願意和美世一起暫時在這裡生活。她一定要向她們致謝才行。

不過，葉月和由里江只是朝美世露出開朗的笑容，看起來並不在意這件事。

「美世妹妹，妳什麼都不用在意喲。因為妳沒有做任何壞事，會變成現在這種狀況，也是沒辦法的事嘛。身為一家人，就讓我幫忙吧。」

「就是呀，美世大人。第一次造訪皇居，我其實也很緊張，但我會努力讓您在這裡過著安心的生活。」

葉月仍是一如往常的可靠。即使來到這個無論是誰都多少會感到畏縮的場所，她依舊能表現得落落大方，真不愧是清霞的姊姊。判斷自己實在學不來的美世，不禁由衷感到佩服起來。

另一方面，跟她同樣是第一次造訪皇居的由里江，雖然嘴上說自己很緊張，但她臉上溫和的表情，看起來感覺跟平常沒什麼兩樣。

在美世指出這點後——

「哎呀，美世大人。我都已經是這把年紀的老太婆了，可不會因為這點事情就驚慌失措呢。」

由里江這麼回答。這兩人願意陪同自己入宮，著實讓美世感到放心不少。

「謝謝妳們，還請多多指教……」

片刻後，自告奮勇替清霞和美世提行李的隊員們也來到現場。他們搬運過來的行李，接著又被轉交給堯人宮殿裡的侍者們。

打過一輪基本的招呼後，美世等人接著要開會討論今後在這裡生活的各項細節。

雖說要開會，但並不是正式的那種會議，比較像是一群人聚在一起商量事情的感覺。參加者分別是清霞、美世、葉月和新。

一行人正要換個地方時，看到彷彿算準時機出現的新，清霞不禁對他投以狐疑的眼光。

「薄刃新。你剛才跑到哪裡去了？」

「哈哈，如果老是在意這種小細節，你會禿頭的喔，久堂少校。」

美世愣愣地盯著這名表哥。

體型偏瘦的他，今天穿著一襲黑色西裝，搭配淺色的西裝背心、打得很整齊的領帶，外頭再罩上一件大衣，看起來依舊十分有品味。

再加上臉上那一如往常的親切微笑，讓他塑造出無懈可擊的優良青年的形象。

在年末那場派對上，以及新年前往薄刃家拜訪問候時，美世都有和新見到面。這兩次見面時，他表現得都很平常，感覺跟過去並沒什麼兩樣。

這原本應該是值得開心的事情才對。因為這代表當初眼睜睜看著天皇被擄走的失誤，並沒有讓新陷入過度自責的狀態。

然而，不知為何，看著新的表情，美世總覺得胸口一陣躁動不安。

（如果純粹是我多心了就好……）

新是願意為了使命感而粉身碎骨的人。此外，雖說一直活在薄刃家獨樹一格的規範之下，但他也是一名異能者。

對新來說，天皇理應是必須服從、守護的君主。但美世卻從這樣的他身上，察覺到空有其表，其實骨子裡搖搖欲墜的平靜。只有她有這樣的感覺嗎？

（不，還是不要思考無謂的事情比較好。換作是懂得更多的老爺，針對我察覺到的這些事，他一定馬上就能推測出結論呢。）

美世得專注在自己的事情上才行，她並沒有機靈到能夠顧及每件事。而美世對此也有所自覺。

「美世。」

「是……是。」

在美世忙著揮去腦中愈來愈深入的思考時，讓她陷入這番沉思的新帶著親切的笑容朝她搭話。

「今後，由我來負責擔任妳的保鏢。」

「是，我有聽說。要麻煩您了。」

聽到美世這麼回應，新臉上的笑意更深了。

「能跟妳一起生活，我覺得很開心呢。在這裡，我也會繼續指導妳異能相關的知識，請妳做好覺悟嘍。」

自從美世的異能覺醒後，新便充當講師，持續指導她異能的各種知識和運用方式。前些日子，因為美世多半都待在對異特務小隊的值勤所，所以新的指導課也暫時中斷。但在堯人的宮殿裡暫住的這段時間，看來又能繼續上課了。

美世下意識端正了自己的站姿，然後朝新點點頭。

「是，請您多多指教。」

不過，針對讓新擔任美世的保鏢一事，先前原本還那麼不情願的清霞竟然會答應，可見他有多麼認真看待堯人這次的計畫。

而這同時也證明了異能心教和甘水直是多麼難纏的敵手。

『把討厭的部分破壞、破壞、再破壞之後——』

他所說的「討厭的部分」是什麼呢？

他曾說會來迎接美世，這樣的話，他應該不打算破壞……殺害她才對。

那麼，其他的呢？那些讓美世無比珍惜、不願失去的人事物，最後又會變成什麼樣子？

這讓美世恐懼得無法想像。

「美世，妳怎麼了嗎？」

表哥的一雙眼睛直直望向自己。

新是薄刃家的一員。薄刃是甘水的本家，其代代相傳的異能，都和甘水家的異能屬於同一個系統，是能夠對人的精神世界產生作用的特殊能力。

既然這樣——美世輕聲道出此刻浮現於心中的疑問。

「新先生。您會負責保護我，是因為我被那個人盯上的緣故嗎？」

「妳說的是甘水直吧？若是問我個人的意見，我其實很想二十四小時都擔任妳的保鏢呢。不過，現在會這麼做，確實是因為這個理由。」

「那個人的異能非常強大……您知道什麼可以和他對抗的手段嗎？」

無論這樣的對抗手段是否存在，美世該做的事、清霞的判斷，以及新的職責，恐怕也不會有任何改變。然而，她實在無法不問出口。

面對那般駭人，誇口說自己會破壞一切的人物，美世實在不願想像沒有任何對抗手段的未來。

「我也試著思考了很多。」

「……感覺能找到有效的方法嗎？」

「這個嘛……因為我不想針對不確定的事情妄下斷語，所以，現在恐怕沒辦法回答妳這個問題呢。」

的確。即使有效的手段真的存在，也不應該在這種戶外、在其他人的面前公然說出來討論。

美世不禁垂下頭，反省自己思考不周的言行。

「好啦，我們該去開會了。一切都得從這裡開始呢。」

在新的催促下，美世一行人跨進堯人皇居的門檻內側。

美世實在無法擺出一副置身事外的態度，她的心中一直有股急切的情緒。關於先前的薰子的事，她已經針對自己開口干涉太多的行為反省過了；不過，若是甘水直相關的問題，美世無疑就是當事人之一。

或許，美世幫不上任何忙，畢竟她目前連自己的異能都無法好好驅使。

可是，只是默默坐著讓其他人保護自己，應該是不行的吧。

（還是說，我什麼都不要做，其實會比較好呢？）

之前和甘水對峙時，她沒想太多，就衝到大家的前方。

不過，那次單純是美世運氣好罷了。儘管她或許不會遭到殺害，但在場的其他人有可能全都會喪命，要是清霞沒能及時趕到，她恐怕就會直接被甘水帶走了吧。

沒多少能力的自己，究竟該怎麼做才好？

美世懷抱著這樣的迷惘，踏進開會用的小型宴會廳，在坐墊上就座。

「雖然不是什麼太重要的話題……」

在這樣的開場白之後，清霞開始一一道出注意事項。

待在堯人宮殿裡的這段期間，美世等人有三件必須特別留意的事情。第一，不得擅自離開皇居的腹地範圍。在沒有另外獲得許可的情況下，她們能去的地方，就只有堯人居住的宮殿，以及旁邊那棟自己暫時借住的建築物。結界所保護的範圍，便集中在這兩棟建築物上。

第二，即使是自己熟知的對象，在沒有接到事前聯絡的情況下，便不得讓對方入內。想當然耳，這麼做是為了警戒甘水設下的圈套。

第三，倘若堯人下達了指示，就必須遵守。

「堯人大人……會給我們什麼指示嗎？」

有些無法理解的美世不禁這麼詢問清霞。

這次的計畫是以軍方——尤其是大海渡和對異特務小隊為主軸來進行。平日負責護衛天皇及其家系成員的宮內省，雖然同樣具備專業的技術和知識，但這次的對手畢竟是異能心教。

敵營除了有自稱為祖師的甘水直、寶上家的成員等異能者以外，甚至還擁有能夠以人為方式打造出異能者的技術。面對這樣的一個組織，用來對付一般人的護衛能力或體制，恐怕無法與其抗衡。

因此，雖然提出這個計畫的是堯人，但沒有戰鬥能力的他，選擇把警戒體制等相關事務全權交由軍方來處理。

「嗯，堯人大人還特別提到他有話想對妳說。」

「堯……堯人大人他……有話想對我說？」

「沒錯。」

「他是想跟我說些什麼呢……？」

以「天曉得」回應美世的清霞，臉上也露出奇妙的表情。

美世不認為自己跟堯人會有共通的話題，老實說，也不覺得兩人能夠談得來。兩人無論是身為一個人的本質、境遇，甚至是思想……恐怕都截然不同。

「總之，要是堯人吩咐妳什麼的話，就照他的話去做吧。」

「好……好的。我會努力。」

聽到美世鼓起幹勁這麼回答，葉月發出一陣輕笑。

「美世妹妹，妳不用這樣繃緊神經也沒關係呀。要是堯人大人說了什麼奇怪的話，我會站在妳這邊的，包在我身上吧。我會順便向他抱怨個幾句——」

「姊姊！妳應該不至於……去對堯人大人說教吧？」

「哎呀，那位大人也是有弱點的呀，例如小時候的事情之類的。」

「妳別老是想抓住別人的弱點來要脅對方啦。」

儘管清霞的眉心擠出好幾道深深的皺紋，葉月臉上卻仍帶著看似心情極佳的微笑。

（要……要是姊姊開始對堯人大人說教，我絕對得阻止她才行呢。）

更別說是因為掌握到堯人的弱點，就想藉此逼迫身為下一任天皇的他屈服的行為了。這可是攸關帝國威信的問題，絕對得避免才行。

美世感受著加快的心跳及不同於方才的另一種緊張感，在內心暗自這麼發誓。

「那麼，久堂少校，我應該也有一些必須遵守的事情吧？」

新輕輕揚起一隻手這麼問。

今後，將由他負責擔任美世的保鏢。不過，新雖然戰鬥能力高強，但畢竟不是軍人，關於護衛方面的知識，了解得也不如清霞等人那麼多。

「噢，薄刃，你跟外界的接觸將會受到限制。不過，你基本上整天都會跟在美世身邊，所以應該也沒什麼機會外出就是了。」

「說得也是……要是陷入跟甘水對峙的情況，該採取什麼樣的對策比較好？」

聽到這句話，美世吃驚地望向新。

也必須試想這樣的狀況才行嗎？眾人都已經試著盡全力加強防守了，難道甘水還是有可能闖進這裡來嗎？

（不對，當然有可能呢。）

甘水擁有能夠操控人類五感的異能。無論派多少人在外頭看守，只要用異能混淆他們的視覺或聽覺，就能讓防禦線變得破綻百出。

就算為結界設下「禁止特定人物入內」這樣的條件，也不見得能百分之百防止甘水直闖皇居內部。

清霞的神情變得有些嚴肅。

「果然還是需要擬定相關對策嗎？」

「這是當然的，我不會說甘水直沒有做不到的事情。倘若那個人真的無所不能，帝國現在早就在他的支配之下，而他所不需要的東西，也會被排除得一乾二淨；之所以沒有演變成這樣的情況，想必是因為他的異能存在著某種制約吧。」

頓了頓之後，新筆直地望向清霞。

「但就算這樣，也無人能夠保證他突破重重戒備而闖進這裡的可能性為零。」

「……也是，我完全同意你的看法。那麼，萬一甘水直出現在這座宮殿裡，在你和美世的面前現身，你就盡全力保護美世。若是還有餘力的話——」

就殺了他——清霞沒有這麼實際說出口。不過，在場的所有人都已經察覺到他的意思。

「你是說沒有必要活捉他？」

「我倒想問問，你有辦法把他活捉起來嗎？」

清霞和新的犀利視線相交的瞬間，彷彿可以看見火花迸出。

面對現場緊繃的空氣，嚥了嚥口水的人是葉月，還是美世自己？眼前這兩人散發出來的驚人魄力，幾乎要將她吞噬，讓她連這種事情都無能分辨。

兩人連眼睛都不眨一下，只是以視線向對方表露自身的主張後，率先輕輕閉上眼，化解了緊繃氣氛的人是新。

「沒辦法呢。我不可能有那個功夫活捉他。」

「我想也是。不過，也沒有必要勉強奪他的性命，你可絕對不要逞強。」

「明白了，我會牢記在心上。」

接下來，眾人又確認了兩、三件注意事項後，這場會議便結束了。

面對今後即將在皇居展開的新生活，不同於只要把行李整理好的美世、葉月和新，清霞陷入了極為忙碌的狀態。

軍方，亦即對異特務小隊相關的工作，若是沒有他在，就無法開始。

雖然知道這樣的要求是強人所難，但看著未婚夫朝皇居外頭的駐紮陣營走去的背影，美世仍在心中默默希望他不要把自己逼得太緊。

「好啦，既然那個嘮叨的清霞離開了，我們也趕快把行李整理好，然後享受一下自由吧。」

葉月露出充滿活力的燦爛笑容這麼說。

「不愧是葉月小姐。在這種情況下，還能享受自由啊。」

聽到新這句不知是單純感到敬佩亦或是在挖苦的發言，美世也頗有同感。當然，她的想法是前者。

對這一切感到戒慎恐懼又緊張的美世，實在無心享受什麼自由。

因為，光是大致環顧室內的景色，便讓她為這棟建築物的莊嚴宏偉震懾不已。

這是一棟古色古香的木造平房，並沒有顯而易見的華美外觀。

不過，就拿長廊的地板或天花板所使用的整片原木板來舉例好了。這片木材沒有經過裁切，以原本的長度直接運送到施工現場當作建材。光是搬運所需要的費用，恐怕就高得難以估算。

此外，欄間(註2)上清一色都是花草樹木或是鳥獸等精緻細膩的雕刻。拉門上方的門框和柱子不見任何刮痕瑕疵，榻榻米表面也不見褪色或磨耗的情況……再繼續舉例的話，只會沒完沒了。

光是觀察這些地方，就能明白這棟建築物的建設和管理維護，想必都耗費了不少人力和費用。

再加上宮殿裡的侍從水準也都相當高，別說是一般的庶民家庭了，就連有錢人家中的氣氛，都跟這裡的不一樣。

「因為我習慣了嘛。在家父擔任久堂家當家，效忠於現任天皇的時候，我跟清霞便時常進出皇居，也會跟堯人大人見面。」

「原來是這樣呀。」

不愧是久堂家。異能者之中最頂尖的一族，並非虛有其表。這證明了他們謁見天皇的機會也相當多的事實。

然而，像這樣讓前任久堂家當家久堂正清效忠於自己的同時，現任天皇也在背地裡陷害薄刃家，讓一族走向窮途末路，陷許多族人於水深火熱之中。想到這一點，美世的心情瞬間消沉下來。

在這方面，新內心的感觸想必比她更深。美世忍不住悄悄窺探這名表哥臉上的表情。儘管仍帶著笑容，但他的神色卻莫名透露出一絲冰冷。

或許也察覺到美世和新不太對勁的反應了吧，葉月的表情一下子陰鬱起來。

「對不起。你們應該不想聽到跟現任天皇有關的話題吧，我太粗神經了。」

「怎麼會呢……」

這並不是葉月的錯。人們不經意道出來，不帶任何用意的發言，難免都會觸及到其他人不願被勾起的情緒。

美世搖搖頭。

「沒關係的。畢竟我們現在就待在皇居裡頭，總不能像這樣在意自己或他人的每一句發言。」

一旁的新也點頭表示同意。

「美世說得沒錯。更何況，要是每次都因為這種理由而打住，對話就無法進展下去了。甘水的行動理由，很明顯和薄刃家的過去脫不了關係，而現任天皇正是這一切的罪魁禍首。我們不能只是露出複雜的表情，假裝自己看不到這樣的事實。」

「就算這樣，我的發言也欠缺考量。對不起。」

看著葉月垂下雙肩的沮喪模樣，美世不禁感到心疼。

想到薄刃家和甘水的事，總讓她有種烏雲罩頂的感覺；儘管如此，葉月、清霞和正

註2：將天花板和門框上方之間的牆壁打穿，加裝鏤空木窗的設計。有助通風換氣。

清——這些久堂家的人的過去，仍讓美世相當感興趣。

「姊姊，請您別放在心上，再說些過去的事情讓我聽聽吧。我很想知道呢。」

「……真的嗎？」

「是的。」

看到美世微笑著這麼說，葉月像是放心下來那樣吐出一口氣。

「謝謝妳。這樣的話，下次告訴妳一個我珍藏的回憶吧。」

「珍藏的回憶？」

「沒錯，是關於清霞小時候的事情喲。」

原來如此，這的確是值得珍藏的回憶，美世感到非常、非常有興趣。

只要是關於未婚夫的事，她就會變得什麼都想要知道。這一定只是普通的感情，一定沒有什麼特別的原因。

（今後，我也會一路支撐老爺走下去，我要成為能夠支撐他的妻子。光是這樣就夠了。）

不需要其他的感情。因此，美世讓自己的思緒就此打住。

只要無視那推開蓋子而滿溢出來的，還沒有名字的感情，再將它封印回去就好。

美世被分配到的房間，是一個相當寬廣的榻榻米房間。裡頭的幾扇和室拉門上頭，有著想必出自知名畫家之手的美麗松樹的圖樣。將這些拉門拆掉的話，這裡感覺就能搖身一變成為宴會廳，高級得實在不像是住宿用的空間。

根據領她過來的侍從的說法，出自名門的千金大小姐，想必都已經習慣住在寬敞的房間裡，所以提供這般大小的空間才算合理。但基於這種考量而選定的房間，反而讓美世完全靜不下心來。

「這裡好寬敞呀～」

「是的，真的是這樣呢。」

聽到為了幫忙整理行李，而陪著自己一起過來的由里江這麼說，美世也欣然同意。

（不知道是我在娘家使用的那個房間的幾倍呢……）

就算將和室拉門關上，被區隔開來的空間仍十分寬廣。就連放在房間一角的行李，看起來都顯得有些孤伶伶的。

「那麼，美世大人，我就使用拉門另一頭的空間吧。」

最後，美世和由里江分別把被拉門隔開的兩個空間當成自己的房間。

由里江原本要被分配到其他房間，但兩人的生活空間靠近一點的話，由里江比較好照顧美世，而且這麼做，就不需要占用太多房間，可以說是對大家都有好處的選擇。

「是，今後要麻煩您多多指教了。」

「我才要麻煩美世大人多多指教呢。想到可以一整天都負責照顧您，就讓我好期待喲。」

儘管想跟由里江說她不需要整天都照顧自己，但看到她開心得幾乎要哼起歌來的模樣，美世默默將這句話吞下肚。

房裡已經事先準備好棉被、梳妝台、和服專用衣架、用來收納物品的藤編箱子等家具。

美世婉拒了表示要幫忙整理的侍從，從包包裡取出自己帶來的少量行李。大致上收拾完畢後，已經是過了中午的時間。

「美世妹妹，妳的行李整理得怎麼樣了？」

葉月的聲音從房間外頭傳來。

擔心自己讓她在外頭等了很久的美世，連忙出聲回應，然後打開和走道相通的拉門。

「是，已經整理完了。」

「有沒有什麼讓妳感到困擾的地方？」

美世搖搖頭。

不可能有什麼值得困擾的事情。除了房間對她來說太過寬敞這點以外，堯人和侍從們貼心的各項安排，可說是無微不至。

「沒有，這個房間真的十分完美……」

「這樣呀。由里江呢？感覺可以住得安穩嗎？」

被葉月這麼問，不知何時來到美世斜後方的由里江帶著笑容點點頭。

「是的，沒問題。」

「那就好。既然這樣，我們就一起吃午餐吧，我讓侍從在我的房間裡備好飯菜了。」

「我也能跟妳們一起嗎？」

突然聽到新的聲音傳來，讓美世吃了一驚。看來，擔任保鏢的他，似乎一直守在房間外頭的靠牆處。

「新先生，您沒有回房整理行李嗎？」

美世這麼詢問後，新朝她露出一個微笑。

「沒關係的。因為工作性質，我已經很習慣外宿了，整理行李不會太花時間。」

「這麼說來，薄刃家對外的頭銜是貿易公司對吧？」

聽到葉月這麼問，新點了點頭。

「是的。不過，公司那邊是由沒能繼承異能的家父主導業務，我純粹是以協商者的身分在裡頭幫忙而已。」

在異能者的世界裡，「薄刃」這個姓氏開始慢慢為人所知；但在一般社會中，仍以經營貿易公司的「鶴木」較具知名度。就算薄刃之名今後變得更加廣為人知，但在經商的領域，恐怕還是得沿用鶴木這個姓氏。不過，這也是沒辦法的事情。

葉月的房間座落在長廊的轉角處，跟美世的房間之間隔著好幾個房間。

大小大概跟美世所使用的房間差不多。這個房間也用和室拉門一分為二，葉月把一頭用來放置行李，另一頭則當作自己的起居室。

現在，即使被區隔成兩半，仍顯得十分寬敞的這個空間裡，擺放著四人份的餐點。

「不知道皇居的午餐是什麼樣的滋味呢？」

看到葉月一臉興奮又期待的模樣，美世好奇地問道：

「姊姊，您也是第一次在宮殿裡用餐嗎？」

「不，我有在宮殿裡參加過晚餐的筵席。菜色一如想像的多，也相當豪華。不過，午餐就是第一次吃了呢。」

聽到她這麼說，美世再次實際感受到這個體驗有多麼寶貴。不過，仔細想想，這也是理所當然的事情。除了侍從以外，基本上沒有皇族以外的人會在宮殿裡住上好幾天。

這時，美世突然在意起清霞的午餐。

（不知道老爺有沒有好好用餐呢……）

要是工作一忙起來，清霞很有可能直接忽略掉一餐，甚至是兩餐。

因為無法待在清霞身邊照顧他，關於這點，美世也無計可施。不過，下次有機會見面時，她絕對要跟清霞問個清楚。

四人各就各位，在一聲「我要開動了」之後，一起打開用膳桌上頭的餐具外蓋。

午餐的菜色，遠比美世所想像的要來得平凡。

剛煮好的白米飯、以醬油簡單調味的清湯；主菜是鬆軟的紅燒白身魚，配菜則是以當季蔬菜做成的涼拌菜，以及看起來燉煮得十分入味的根莖類蔬菜。

不過，從餐具到擺盤方式，都在在呈現出極為高雅的美感，可以明確感覺到和一般家庭的餐桌截然不同的水準。

美世先捧起不斷冒出熱氣的清湯啜了一口。

「真好喝……」

不知道是不是用了特別的湯底，可以感受到柴魚細膩又高雅的香氣從口中竄至鼻腔。

紅燒白身魚、涼拌菜和燉菜的調味全都恰到好處，不會太鹹也不會太淡。細細品味的同時，讓人有種連自己的層級都跟著提升的感覺。

「不只是晚餐，就連午餐都如此美味，真不愧是皇居呢～」

葉月以陶醉的語氣這麼大力稱讚，由里江也一邊享用一邊頻頻點頭。

不過，新倒是沒有表現出任何特別的反應，只是默默地持續動筷。

這麼說來，他似乎給人對食物並不會特別感興趣的印象。美世過去住在薄刃家的那段期間，就感覺新沒有執著於攝取三餐的問題。

「新先生，是不是餐點不合您的胃口？」

聽到美世這麼問，新一瞬間瞪大雙眼，接著露出微笑搖了搖頭。

「不會，都很美味呢。」

「可是……」

美世總覺得直接說出「您看起來吃得並不開心」這樣的發言不太恰當，因此不禁沉默下來。但新似乎看透了這樣的她。

「抱歉。不是餐點不好吃，只是我有職業病。」

「職業病？」

「我的工作時常得前往全球各地。在其他國家用餐時，除了美味的料理以外，有時也會吃到不合自己胃口的東西。因為不能對當地人表現出失禮的言行舉止，所以，無論餐點好不好吃，我都會刻意讓自己維持一般的態度，結果就習慣這樣的做法了。」

原來如此，這樣的理由確實讓人能夠理解。

美世不曾離開帝國的領土一步，也只吃過為了符合帝國人的喜好而調整過口味的西式餐點，所以並無法實際感受這一點。不過，她明白每個不同國家都各自有著不同的氣候和習俗，以及符合當地人胃口的食物。而這樣的食物，不見得會是外地人也能接受的滋味。

以協商者的身分任職於貿易公司的新，想必曾被各個國家的客戶招待用餐過。由此可見這恐怕不是一份輕鬆的工作。

待用餐時間告一段落後。

「那麼，關於今後的安排——」

聽到葉月這麼開口，美世和由里江端正了自己的坐姿，新也望向葉月。

「暫住在皇居的這段期間，我希望大家都能過著像平常那樣的生活。因為我們是客人，所以不需要做家事，但……應該說皇居自有一套做法吧。這裡的人每天都會按照精確的時間排程來行動，因此，要是我們太我行我素，會給宮殿裡的人添麻煩。」

無論是剛造訪清霞的住家時、前往公婆所居住的久堂家別墅作客時，或是待在對異特務小隊的值勤所時……

在這些地方，美世都會幫忙做家事，但這次的情況似乎不太一樣。

（我得注意不要多管閒事才行呢。）

雖說幫忙做家事可以讓自己的心情比較平靜，但要是這麼做只會反過來給別人添麻煩，就算不上是幫忙了。所以她可得自重。

取而代之的，在這裡生活的期間，美世有其他必須做的事情。

「美世妹妹，妳得向我還有新學習各種知識。學習計畫會安排得很密集喲。」

「是。」

「由里江。因為我們不能太勞煩宮殿裡的侍從，能請妳負責打掃房間嗎？」

「是，當然嘍。請包在我身上吧。」

由里江自信滿滿地拍了拍胸脯這麼說。看到她這種不符合當下緊繃氣氛的輕鬆態度，美世差點噗嗤一聲笑出來。

「新，那你是收到了什麼樣的指示呢？」

面對葉月的提問，新在輕輕點頭後開口回答。

「基本上，我的任務是擔任美世的保鏢，以及指導她學習異能。但身為薄刃——亦即分支出甘水家的主家系成員之一，軍方或許也會向我尋求建議或武力支援吧。」

「這樣呀。意思是，你雖然是美世的保鏢，但有其他要務的話，還是可能會離開她身邊嘍？」

看到葉月面有難色地這麼問，新以「不過……」接著往下說。

「我不會長時間離開美世的身邊。更何況，我不在的時候，想必會有代替我擔任保鏢的人過來。此外，對方應該不至於是陌生人，而會是美世也認識的對象。」

聽到對方會是自己也認識的人，浮現在美世腦中的身影，是跟自己約好要重新開始跟彼此做朋友的陣之內薰子。

目前，她仍以對異特務小隊成員的身分任職於帝都。

薰子原本是為了代替之前在住院的五道，而從舊都被派遣過來的人力。然而，在五道重新歸隊後，她仍繼續留在帝都。

雖說是基於不得已的苦衷，但薰子畢竟一度做出了背叛行為。比起放逐，把她留在有更多人監視的帝都，似乎是軍方這個安排背後的用意。

（不知道薰子小姐過得好不好……）

基於薰子過去那番作為，她恐怕很難再次擔任美世的保鏢。而且，她目前基本上都被指派進行市街巡邏等必須外出的業務，無法進入皇居的腹地，當然也不能踏進這座宮殿裡。

就這樣一直無法見到薰子的話，實在讓美世有些落寞。

何。

然而，她目前的立場，並不足以讓她提出想和薰子見面的任性要求，所以也無可奈

「所以，請妳放心吧，美世。」

「是。」

想到即使在這個瞬間，也因為公務而忙得暈頭轉向的清霞等人，美世便怎麼也放不下心來。但她還是對新點點頭。

有許多人竭盡所能在保護她的安全。她不能再提出什麼異議。

◇◇◇

由對異特務小隊建立起的防線，分別位於負責管理皇居的宮內省和內大臣府等設施密集的區塊，以及正對著堯人皇居、占地有些寬廣的庭園兩處。

前者的陣營——前衛比堯人所在的宮殿更靠近皇居的正門，因此比較方便進出；但後者的陣營——後衛相當靠近護衛對象所在的區域，所以進出都必須經過嚴格的審核管制。

結束在堯人宮殿裡頭的會談後，清霞選擇先到後衛陣營來露臉。

「狀況如何？」

看到清霞出現的瞬間，下屬們紛紛端正自己的站姿，鞠躬以「您辛苦了」向身為上司的他打招呼。清霞從這些成員之間走過，踏進作為陣營核心的帳篷裡這麼問。

「啊，隊長。您辛苦了……人力差不多都配置完畢了。目前沒有任何問題。」

回答他的人，是擔任後衛陣營負責人的五道。

現在，對異特務小隊的人力相當不足。在皇居裡組成兩個陣營、負責維持結界的成員不可或缺；但同時，值勤所裡頭也必須有人留下來值班，而一般業務也沒有因為這樣而減少。

只要異能心教沒有襲擊皇居，五道和其他陣營裡的優秀異能者就無事可做。不過，他們當然還是得為敵方的攻擊行動做好萬全準備。

為此，清霞其實傷透了腦筋。

「辛苦了，別忘了跟其他人輪流休息。」

「了解。」

以認真的態度回應過後，五道隨即露出不懷好意的笑容。清霞瞪著他問道：

「怎麼？」

「哎呀～沒什麼。只是，難得能在距離美世小姐這麼近的地方工作，但您卻無法親自擔任她的保鏢，真是令人遺憾呢～」

「……」

既然覺得遺憾，你就露出更體恤上司的表情如何——清霞死也說不出這種話。聽起來彷彿他真的很想擔任美世的保鏢似的。

不，實際上，他真的很想這麼做。

（只能假手他人，實在令人不甘。）

清霞並非完全不信任別人。只是，他認為還是由自己出馬比較可靠，也因此對於無法這麼做的事實感到不耐。

「可是啊，隊長。」

「怎麼？」

「您至少每天要去見美世小姐一次才行喔～因為您是她的未婚夫嘛。」

這個男人現在連這種事都會多嘴了。他不在的時候增加的工作量讓清霞很頭痛，但在的時候又嫌聒噪。

為五道的玩笑感到煩躁的清霞，像是遷怒那樣狠瞪著他。

「用不著你說我也打算這麼做。」

「咦！」

五道刻意裝作吃驚的反應，也讓清霞看不順眼。既然有閒工夫這樣調侃別人，乾脆把他調派去執行其他任務算了。

或許是感受到清霞不悅的情緒了吧，五道聳聳肩，收起嘻皮笑臉的表情。

「……不好意思，我有些得意忘形了。」

「明白就好。」

「不過，您也有所成長了呢。換成是過去的隊長，一定會用『無聊，為什麼我非得做這種事不可？』來回應我啊。」

聽到五道模仿清霞的語氣說話，在帳篷裡待機的幾名隊員忍不住噗嗤一聲笑出來。

「……哦？」

之後再來教訓這些傢伙一頓吧。

倘若對方不是美世，他確實會表現出類似五道所說的那種反應。因為清霞對他人內心的感受可說是完全不感興趣。

因此，儘管相當不甘心，但五道說得沒有錯。

（或許，我應該更感興趣一些才對。）

清霞略微感受到了美世的情感開始投向自己身上的事實。儘管害臊，但她之前仍回應了清霞的那個吻，有時也會脹紅著一張臉，帶著欲言又止的表情仰頭望向他。

然而，美世絕不會說出最關鍵的那幾個字，也因為這樣，清霞現在仍無法摸透她的心思。

（事到如今，應該沒有足以令她退縮的理由才是。）

雖然還有甘水的問題，但一直以來，清霞都不斷向美世強調自己不會在意未婚妻有無異能一事，而美世應該也已經很清楚這一點。

既然這樣，究竟是什麼原因讓她不願開口？

（果然是因為甘水嗎？）

清霞幾乎要認定一切的元兇都是那個異能心教的祖師，雖然他不否定自己或許只是在遷怒。

倘若美世煩惱的根源真的是「現在，大家都因為甘水的問題而忙碌不已，所以我不應該在這時把內心的感情表露出來」這樣的想法，他可得把這股悶氣好好發洩在甘水身上才行。

「隊長？您在思考什麼猥褻的事情嗎？」

五道這個失禮至極的提問，一瞬間將清霞拉回現實。

時間還很充裕。再說，他打算至少一天和美世見上一次面，只要每天一點一滴逼問她——不對，這麼做的話，恐怕會被當成一個過度纏人、令人不快的男人。

察覺到自己的思緒又差點脫軌後，清霞乾咳了幾聲岔開話題。

「別淨是說些蠢話了。比起這個，你沒有什麼要跟我報告的嗎？」

「報告？噢，是。」

五道先是微微歪過頭，隨後像是想起什麼似地以拳頭敲了敲另一隻手的掌心。

「異能心教和『讓人看得一清二楚的異形』，好像持續在增加呢～」

「還不快詳細報告這件事。」

五道口中的『讓人看得一清二楚的異形』，指的是異能心教在傳教活動中所使用的，不具備見鬼之才的人也看得見的異形。

雖然也有可能是異能心教透過自身所開發的技術，讓更多人變得能夠看見一般的異形，但為求方便，就統一這麼稱呼。

「負責在市區巡邏的隊員們表示，光是今天他們就已經取締了兩件。一個有順利逮捕，另一個好像被對方逃掉了。光是上午就這個樣子，所以一整天下來的話，或許會有十件之多呢。」

「有造成任何被害嗎？」

「沒有，沒有人因此傷亡。畢竟那些傢伙完全不會反抗啊。」

五道看似有些厭煩地聳聳肩。

異能心教之所以不反抗，恐怕是為了在人民心中豎立起正面的形象吧。只要表現出服從的態度，反而能讓敵意集中在逮捕他們的隊員身上。

而且，這樣一來，可能又會出現帶有惡意的相關報導了。標題大概會是「軍方強制押解無力反抗的人民」這種感覺。

那個八成待在政府內部，刻意放寬報導相關規定的人，究竟是誰？

據說已經開始鎖定犯人的大海渡，至今仍未捎來聯絡。倘若對方是擁有一定權勢的人物，能夠鎖定他的那一天有可能永遠不會到來。

（雖然我也無計可施——）

因為擁有壓倒性強大的武力，異能者難以擔任文官。這點對清霞來說也是一樣的，他沒有能夠確實影響政府的手段。

所以，這方面恐怕只能交給大海渡負責了。

「啊，對了，至於那個『讓人看得一清二楚的異形』，好像果然不是普通的異形呢～根據分析小組的報告，異能似乎很難對那種異形起作用。」

「……真是誇張，術法也對牠們無效嗎？」

「好像是這樣。咒術、魔法、驅魔術、除魔術、陰陽術——分析小組的報告指出，他們做過諸如此類的嘗試，但發現都無法對那種異形造成太大的傷害。」

術法和異能是兩種截然不同的東西。

異能的強弱會依照個人先天的資質而異；不過，就算不是異能者，只要是具備見鬼之才，亦即能夠感受到人外之物的「力量」的人，透過學習和鍛鍊，也會變得能夠施展術法。

製作、驅使式神，以及張開結界，也是術法的一種。每個施術者的天賦不盡相同，所以會各自有擅長和不擅長的術法，施展時也會出現威力強弱的差異。不過，無論是異能者或是具備見鬼之才的人，這都是他們必須最先學習的基礎中的基礎。

在對異特務小隊裡頭，有許多隊員是無法驅使異能，但精通各種術法的術法專家。他們也參加了分析小組的實驗，因此，關於異能和術法難以對那些異形起作用的結論，想必是正確無疑的。

「目前，算得上有效用的，可能只有結界術而已。」

「結界嗎……」

不過，在新年那場演講，以及其他相同性質的活動裡，異能心教都以異能消滅了「讓人看得一清二楚的異形」。

——異能心教的異能有效，但清霞等人的異能卻難以起作用。

清霞不禁伸出手揉了揉眉心。

（感覺比人造異能者更棘手啊。）

在雙方交手時，倘若異能心教祭出異能和術法難以起作用的「讓人看得一清二楚的異形」當成戰力，清霞等人即使能以結界防禦牠們進攻，也沒有足以對付牠們的攻擊手段。

這樣一來，他們很可能落入單方面挨打的窘境，導致異能者長年建立起來的信賴感跟著瓦解。

得加速進行相關研究才行。至少也得弄清楚異能心教的異能有效、清霞等人的異能卻無效的原因，否則無法讓我方擺脫不利的狀況。

帝國可說是已經成了異能心教的天下。

「總之，交代調查小組加快調查和分析的動作。如果能發現對付這種異形的手段，記得同步確認成效如何。」

「明白了，我會轉告他們。」

此後，又進行了片刻的業務聯絡，清霞便走出後衛陣營的帳篷。接下來，他得再到前衛陣營去露臉才行。

目前，對異特務小隊的成員為了分工合作，分成許多小組各自行動。

例如，在皇居腹地內負責固守前衛陣營和後衛陣營的小組；在帝都各處巡邏，負責取締平定團的小組；以及留在值勤所處理一般業務的小組等等。

當各小組需要聯絡彼此時，通常都會使用式神。而在皇居腹地內值勤的小組，更需要頻繁確認是否有異常情況發生。

在甘水的威脅依舊存在的狀況下，即使只是小小的異常，或是極其細微的變化，都不能放過。

前衛陣營設置在靠近正門的位置，跟堯人所在的宮殿以及後衛陣營都有好一段距離。

清霞之前跟美世過來時，兩人是一起搭乘馬車移動，但畢竟也不能老是優雅地仰賴馬車。

他驅使專屬於異能者的優異體能，一口氣衝刺到前衛陣營所在處。

「您辛苦了……隊長。」

在前衛陣營的帳篷外頭迎接他的，是陣之內薰子。

她的臉上已經不見過去那天真爛漫的笑容，取而代之的是陰鬱的表情。

「……辛苦了，陣之內。」

薰子有背叛軍方的前科，因此在這次的任務中，她不在負責守衛皇居的成員名單之內。

她之所會以出現在這裡——

是因為她表示有事想向清霞報告，所以主動提出了會面申請。

「那麼，到那裡聽妳說吧。」

清霞指著戶外某處這麼說。那裡設置了一張感覺在皇居工作的人們平時會使用的小型長椅。

帳篷裡頭當然也有能夠讓他們坐下來好好說話的設備，然而，清霞不能讓薰子進去。

「坐吧。」

「……是，我失禮了。」

清霞讓薰子獨自坐在長椅上，自己則是站在她的身旁。身為一名軍人，他必須對叛徒表現出戒心，因此這麼做也是無可奈何。

（雖然美世可能會不滿意這樣的做法就是了。）

對於這名初次結交到的友人，美世似乎有投注過多情感的傾向。雖然清霞並非不能理解她的心情，但關於這點，他也無法妥協。

已經正確理解自身處境的薰子，抬起頭仰望清霞的臉，然後乾笑了幾聲。

「不好意思。在您忙得不可開交的時候，還突然要求您得抽出一段時間來聽我報告……」

「無妨，妳已經跟大海渡少將閣下報告過了吧？」

「大致上是。不過，畢竟這都是我個人的臆測而已，所以我只有向閣下報告能夠確定的事實的部分。」

薰子所要報告的，正是和異能心教相關的內容。她之所以沒有被處刑，便是因為軍方判斷她還能像這樣提供情報。

「首先，關於家父——」

說起來，薰子之所以會選擇協助異能心教，是因為甘水讓她誤以為自己在舊都經營道場的父親，不慎被異能心教擄為人質。

「一開始，我並不相信甘水直的說法。家父雖然不是異能者，但仍是一名劍術過人的劍士，我不認為他會這麼輕易就淪為人質。」

「不過，妳始終沒能聯絡上令尊吧？」

「是的，如您所言。」

被甘水搭話之後，為了確認父親的安危，以及甘水所言究竟是真是假，薰子隨即委託電信局的接線生聯絡自己的父親。但父親始終沒有回撥電話給她。

「因為電話聯絡不上，我發了電報，又寫了信郵寄回老家，可是，家父還是音訊全無……」

「不過，令尊同時也擔任舊都軍方的外部合作對象吧？所以，應該也會有無法及時聯絡上他的時候。」

薰子的父親除了經營道場以外，因為劍術的實力得到軍方賞識，這幾十年以來，他一直都跟舊都的對異特務小隊——亦即對異特務第二小隊維持著合作關係。軍方有時會要求他協助執行任務，若是接下這樣的委託，薰子的父親就有可能變成長期失聯的狀況。

面對清霞的提問，薰子搖了搖頭。

「不。如果要長期離開家中，在我動身來到帝都前，家父應該就會先知會我這件事。而且，我同時也聯絡了對異特務第二小隊。」

結果，薰子得到了「我們目前沒有委託令尊任何工作」這樣的答案。

「此外，我還聯絡了老家附近的鄰居。根據對方的說法——在我離開家沒多久之後，家父似乎就跟著不見人影了。」

不是外出執行任務，卻一連離家好幾天，而且還完全不曾跟親生女兒交代這件事。父親很有可能被擄為人質，而且，倘若此事為真，自己就不得不協助異能心教了

——在這般緊張的狀態下，薰子的對應方式，已經可說是相當冷靜了吧。

「……最後，我相信了異能心教。既然事情可能攸關家父的性命安危，除了相信他們，我別無選擇。雖然這麼說，聽起來或許也只像藉口就是了。」

「不，的確是如此。既然妳已經盡全力確認過真偽，會做出這樣的判斷也是很自然的事情。」

站在薰子的立場上，她也只能這麼做。倘若父親真的已經淪為對方的人質，再找其他人商量這件事，只會讓父親陷入生命危險之中。

（看樣子，甘水就算不施展異能的力量，也有辦法誤導他人啊。）

甘水能以異能操控的並不限於五官的知覺，他還能透過人們的心理變化和狀況巧妙地掌握對方的心。實在是令人厭惡的手法。

「那麼，所謂的人質，最終只是甘水的騙局是嗎？」

聽到清霞這麼問，薰子尷尬地將視線移往腳邊。

「是的。家父平安無事……他似乎是受軍方之託，而外出執行任務。」

對異特務第二小隊對薰子說謊的可能性極低。畢竟那裡是薰子原本隸屬的職場，要是工作伙伴說謊，她理應能馬上察覺才是。

也就是說，軍方委託薰子父親的，或許是來自其他管道的任務，而非對異特務第二小隊。

「寄到家父手邊的指令書是真的，而那個任務確實也是突然又緊急的東西，是就算交由家父執行，也不奇怪的內容──」

說到這裡，薰子緊皺眉頭，以快要哭出來的表情仰望清霞。

「那個……這究竟是怎麼一回事呢？為什麼軍方剛好會在異能心教展開行動時委託我父親出任務？為什麼……」

嗓音變得愈來愈微弱的薰子垂下頭。

她或許已經能推敲出這個問題的答案了吧，只是不願意相信而已。

清霞也相當能明白她的心情。

「異能心教已經滲透至這個國家的中樞了。」

清霞盡可能以平淡、冷靜的語氣，將下屬內心的疑惑確實化為言語道出。

回答這個問題時，清霞望著其他地方，沒有俯瞰坐在長椅上的薰子。隨後，「怎麼會……」的微弱輕喃聲傳入他的耳中。

「若非如此，不合理的地方就太多了。政府和軍方高層──這兩者或是其中一者裡頭，有人和異能心教掛勾，暗中協助他們。」

「可是，這樣的話，我們的勝算……」

「就算撇開勝負的問題不談，究竟有多少人被異能心教收買，目前也還是未知數。狀況確實很糟糕。」

倘若是任職於政府中樞部門的人，一如委託薰子父親執行任務那樣，要配合異能心教的計畫，在最恰當的時機發出真正的指令書，完全不成問題。至於操作情報，也是小事一樁。

而且，這些都還是一開始而已，這些內奸甚至有可能更進一步支援異能心教。

敵方正不斷累積力量，也變得愈來愈難纏。

他們的力量，將會巨大到足以實現甘水顛覆整個國家的目的。

「我……做了不可挽回的事……」

薰子在腿上緊緊握拳的雙手，此刻微微顫抖起來。

因為她縱容甘水入侵對異特務小隊的值勤所，在清霞趕過去解決這個危機時，天皇落入了異能心教的手中。

（這確實是無法原諒的背叛行為。然而，無論如何，情況恐怕都會發展至此。）

誤以為血親遭到異能心教綁架，因此不得不協助他們的人，其實有可能是小隊中的任何一名成員。只是因為剛來到帝都的薰子比較好騙，所以才被甘水相中。

問題在於今後。

對政府的影響力以及現任天皇的權威——湊齊這兩大要素的現在，只要異能心教有心，要發動政變可說是輕而易舉。

他們近期的目的恐怕是……

（透過異能和異形，讓人民對政府和軍方的做法產生不信任感，藉此改變異能心教和政府之間的勢力關係。）

而這樣的藍圖，正在逐漸成形。

假設異能心教透過這類洗腦行動，拉攏了約莫一百名左右的新信徒。光是這樣，或許還沒有必要特別提高警戒。

然而，要是這一百人都是人造異能者的話呢？

這樣一來，等於有一百名異能者會因此誕生。

異能原本就是一種足以跟兵器相提並論的危險能力。若是以這樣的方式來量產異能者，國內的勢力關係恐怕會在轉眼間被改寫吧。

「總之，我明白妳想表達的意思了。妳今後不准再接近異能心教，要是對方再試圖聯絡妳，馬上跟我們報告。」

「這是當然的！我不會再做出那樣的背叛行為了。」

雖然本人並不知情，但薰子其實暗中受到監視。倘若她再次跟異能心教有所聯繫，馬上會有人向大海渡報告此事。

薰子的報告至此結束。正想催促她返回自己的工作崗位時，薰子先以帶著幾分猶豫的「那個……」向清霞開口。

「怎麼？」

薰子的態度看起來有些迷惘。她的視線在半空中游移，雙手一下攤開、一下握拳，看起來很坐立不安，像是在思考究竟該不該把接下來的話說出口。

然而，清霞並沒有時間慢慢等待她排除這樣的迷惘。

「要是沒有其他事情──」

「不！那個……其實，我有一個跟這件事完全無關的私人問題想要請教您。」

薰子像是終於做好覺悟那樣抬起頭。

今後，清霞和她對話的機會恐怕也會變少。儘管原本是為了代替負傷的五道而被派遣過來，但現在的薰子，已經被排除在對異特務小隊的主要成員之外。

這有可能是自己最後一次接受她的提問了。

清霞向薰子點頭表示同意。

「……很久以前，在我還沒被調派到舊都的時候，您曾經被安排要與我相親，對嗎？」

「嗯。」

「我可以……詢問您回絕那次相親的理由嗎？」

非常抱歉，在這種時候問這樣的問題——薰子又輕聲補上這一句。至此，清霞才首度低頭望向坐在長椅上的她。

他回想起自己數年前回絕接二連三出現的相親安排的事。

跟陣之內薰子的那場相親，同樣是父親正清不知道從哪裡打聽來她的情報，然後向清霞這麼提議。那時，自己是怎麼想的呢？

讓美世產生誤會的所謂的戀愛情感，理所當然不曾存在過。

因為——

「為了避免私情影響到工作。」

薰子這個人並不差，但對清霞來說，兩人就只是同事關係。

不過，在結婚、共同建立起家庭、一起相處的時間增加後，完全不會對對方產生感情，是不太可能的事情。

將對方視為家人而湧現的感情——清霞希望盡可能避免將這種感情帶到工作上，尤其是軍隊這種有時必須以冷酷無情的態度行事的職場。

因為這會對遂行任務帶來影響。

「……說得……也是。從您的個性來判斷，我大概能猜到是這麼一回事。」

「問題並不在妳身上。」

所以，妳沒有必要因此失去自信——清霞原本打算繼續這麼說下去時，薰子「這樣的話！」的吶喊聲打斷了他。

「這樣的話……如果我不是軍人，您當初就會接受那場相親安排了嗎？」

「嗯，我想應該會。」

清霞盡可能以淡漠的語氣回應。

去年，和為了填補五道的空缺而來到帝都的薰子重逢時，之前原本就隱約察覺到她對自己懷抱好感的清霞，終於能夠斷言這是事實。

因為他會看著美世。

在他看著美世的時候，清霞察覺到同樣看著美世的薰子，視線中透露出一股嫉妒的情緒，於是判斷這是起因於她對自己的好感。

薰子對自己懷有特別的情愫一事，並不會讓清霞感到不快。

然而，倘若真的如薰子所言，自己和她結婚的那個未來存在的話，要問他是否會對薰子產生像現在對美世懷抱的那種感情，清霞的答案是「否」。

「然而，我想恐怕不會出現妳所渴望的那種結果。」

「……啊。」

「雖然不知道這對我們倆來說，究竟是幸或不幸就是了。」

眼前的現實就是一切。試著假設不存在的未來，也只是白費力氣。清霞唯一能夠明白的，就是他現在並不感到後悔。

他已經給出了該給的回應，清霞轉身背對坐在長椅上的薰子。

「隊長。」

不過，再次呼喚他的薰子的嗓音，卻意外地平靜。

沉思半晌後，清霞轉過頭，發現身為自己過去的未婚妻人選之一，現在則是他的下屬的這名女性，朝他展露出一如以往的那張燦爛笑容。

「非常感謝您回答我的問題。」

「覺得心滿意足的話，就回到自己的崗位上，去盡妳應盡的職責吧。」

「是。」

語畢，清霞再次轉身，背對薰子踏出步伐。

第三章　夜晚

在皇居之中，專為天皇打造的宮殿裡，有個名為梔子花之廳的空間。

相較於天皇所居住的後方宮殿——亦即所謂的後殿——以室外走廊和宮內省的建築物相通，有較多人進出的前殿，有著近似於舉辦宗教儀式用的西式大廳的正殿，是公用的建築物。

梔子花之廳是位於前殿的一個房間，主要做為天皇也會親自參與的國政會議的場地使用。

室內正中央擺放著外國進口的長桌和椅子，照明設備採用了以無數顆水晶打造而成的水晶燈，裝潢看起來以西方風格為主；不過，天花板和牆上的壁紙，以及窗簾和桌巾等布料，則有著傳統的日式圖樣，呈現出高雅又完美的日西合併的景致。

可以輕鬆讓十五個人在桌前就坐的長桌，現在外圍已經坐滿了與會者。此外，整齊地靠牆排放的幾十張椅子，也幾乎全都被身穿西裝的男性陣營占據。

在長桌前就坐的，是未能全員到齊的各省大臣；坐在靠牆的椅子上的，則是其他在軍方或政府裡擔任要職的人物。

至於上座，則是後方擺放著一道屏風、比地板高出一階的榻榻米座位。目前坐在上頭的，是擔任天皇代理人的皇太子堯人。

今天的會議並不算正式。

這場臨時會議，主要是讓身為國家中樞的官員們大致交流一下意見，或是對擔任天皇代理人的堯人提出疑問。自從天皇遭到綁架後，這樣的會議已經反覆召開過多次。

不過，儘管會議已經開始進行一小時多了，卻仍像歷屆的會議那樣沒有太大的進展。

在古龍水和菸卷的氣味籠罩下，這樣的糾紛在會議上持續著。

「殿下，讓外部人士進入皇居，導致您自身陷入危險的行為——這麼說或許很失禮，不過，能請您針對這個自作主張的決定，給我們一個合理的說明嗎？」

這麼開口的同時，激動到微微從椅子上起身的，是眾國務大臣的其中一人。

參加這場會議的皇族就只有堯人一人。因此，國務大臣口中的殿下指的也就是他。

不過，在堯人回答之前，其他大臣便搶先開口反駁。

「殿下已經說明過很多次了，你斟酌一下自己的用字遣詞如何？」

「請不要挑我的語病，更何況，我是在跟殿下說話。」

「我的意思，就是希望你能反省一下向殿下提問時的失禮語氣。」

「你這樣就是在挑我的語病——」

「兩位，這種像是孩子爭吵的對話，就請你們到其他地方去進行吧。」

持續著這種沒有內容、毫無意義對話的兩名中年大臣，被身為堯人心腹的年輕內大臣鷹倉以冷靜語氣這麼指謫後，瞪著他沉默下來。

今天這場會議，討論議題主要有二——天皇失蹤期間的相關因應措施，以及幾乎是基於堯人的獨斷，而在皇居裡駐紮的對異特務小隊的相關事宜。

針對後者的議題，聚集在這裡的成員基本上可分成三大派閥。

贊同堯人判斷的派閥、反對這種做法的集團，以及不屬於這兩者，只是在一旁靜觀其變的幾名成員。

對堯人的判斷——說得具體一點，就是讓對異特務小隊在皇居內部駐紮，徹底強化防線一事——提出異議的派閥，係以海軍大臣為主帥；表示贊同的，則是以鷹倉為首，認同身為下一任天皇的堯人的能力的成員。

但真要說的話，在科學日益發達的現代，包含天皇才會擁有的「天啟」之力在內，對異能、異形等不科學的事物抱持懷疑態度的大臣或官僚，其實也不在少數。

這樣的不信任感持續累積，導致對立和混亂的狀況愈來愈嚴重。

（而海軍大臣又是看重科學的集團的代表者嘛。）

堯人細細地俯瞰室內的光景。

負責率領國務大臣的首相，維持和兩派人馬都有一定距離感的中立立場，而其他幾名保持中立的成員也如法炮製。

「鷹倉內府，我倒是想請你盡可能避免發言呢。內府的工作，是在陛下身邊處理庶務，可不是能夠開口干預政事的立場吧？」

文部大臣靠在椅背上，一邊撫著自己的鬍子，一邊以莫名得意的表情這麼指謫鷹倉。

面對他明顯貶低內大臣這個職位的說法，鷹倉皺起眉頭。

「……敝人沒有義務要遵循你的私人意見行事，若打算提出跟會議主旨無關的問題，請另尋其他的機會。」

鷹倉盡可能以平靜的語氣這麼回應。轉動眼球觀察他的反應後，文部大臣的嘴角揚起笑意。

「年紀輕輕就當上內大臣的你，因為深受殿下信賴，會變得如此趾高氣昂，或許也是很正常的啊。」

「……」

「這次，包含殿下的判斷在內，這種將皇居化為個人私有物的行為，我們實在看不下去。皇居是為了天皇陛下而存在，即使您貴為皇太子，也不能這般為所欲為。」

跟文部大臣同樣反對堯人作法的海軍大臣和宮內大臣，也表態贊同這樣的意見。

「關於這件事，您甚至沒有事前跟身為宮內大臣的我商量。因此，關於將皇居化為個人私有物的說法，我認為相當貼切。」

說著，宮內大臣恨恨地望向鷹倉。

觀察過現場的氛圍後，判斷自己或許做得有些過火的堯人輕輕吐出一口氣。

判斷各大行政部會在正月的對應會比較慢半拍的他，強制執行了讓對異特務小隊同時保護待在皇居裡的自己和齋森美世的計畫。

最後，雖然計畫順利遂行，但也引起了不小的反彈。

倘若時間上許可，堯人也希望能好好說服主要的政府官員，無奈現在沒辦法這麼悠哉行事。

不同於鷹倉，宮內大臣是父皇的心腹。因此，儘管是負責指揮宮中事務的人物，堯人也不會對他卸下心防。無法找他商量此事，是理所當然的事情。

老實說，就算向宮內大臣據實以告，他恐怕也不能接受吧。

此外，儘管至今一直代替臥病在床的天皇處理各項政務，但就權威來說的話，堯人仍不如現任天皇。這樣的他，現在卻擅自變更宮中的規矩，因此招來的反感聲浪自然也更強。

（好啦，該怎麼做呢……）

讓年輕又樹敵眾多的鷹倉繼續淪為眾矢之的，未免也太可憐了一些。

堯人想到這裡時，大藏大臣舉起手開口。

「雖然兩位都這麼說，但殿下這個計畫對財政造成的負擔較小。若是反對的話，還希望你們能提出其他低預算的代替方案。」

以手推了推臉上的眼鏡後，大藏大臣看似不悅地以手抱胸。現場的空氣也隨即變得沉重起來，眾人紛紛噤聲。

要是把錢的問題搬出來，就很難反駁了。

這樣的發展，在這一小時內已經重複過好幾次。

「話說回來，關於情報管理出現疏漏的問題，負責人能說明一下嗎？」

聽到外務大臣的疑問，身型偏瘦、畏畏縮縮地坐在長桌一角的中年男子，雙肩狠狠地抽動了一下。

他是遞信大臣，亦即掌管郵務和電信通訊等業務的遞信省的長官。

以白色手帕拭去額頭上的冷汗後，他虛弱地從座位上起身。

「針……針對情報管理方面的問題……我們目前仍致力於調查事實和擬定對策當中……」

「還在這個階段？效率會不會差了一點？」

「真……真的是萬分抱歉……」

「不需要道歉。」

被這樣果斷結束對話的遞信大臣，沮喪地垂下雙肩坐回椅子上。

若是想得簡單一點，能夠輕易對情報管理體制動手腳，讓情況變得對異能心教有利的人，無疑就是遞信大臣。

不過，在堯人看來，他實在不認為這名男子能夠做出如此膽大包天的背叛行為。

（之所以無法迅速做出對應，也只是單純因為他的能力不足吧。）

這樣一來，協助異能心教的叛徒究竟是誰？

他在這群人之中嗎？還是在其他地方？

在這個當下，堯人恐怕也無法做出正確的判斷。

「——吾明白汝等的意見了。」

聽到堯人這麼開口，所有大臣的視線都一起集中到他的身上。

「不曾做詳盡的說明，便在未經同意的情況下執行這個計畫。關於這樣的行為，吾在此向汝等道歉。」

看到下一任天皇輕輕鞠躬道歉的身影，與會者們全都方寸大亂。

這也是理所當然的。儘管尚未正式即位，但在天皇失蹤的現在，身為皇太子的堯人，無疑是在場所有人的君主。這樣的他，不僅是神明的子孫，亦可視為神明的化身。讓這樣的人向僅是負責輔佐政事的人們低頭致意，原本應該是不能發生的事情。只是因為今天這場會議不算正式，這種缺乏常識的行為才能勉強被允許。

即使必須違背慣例，也希望能讓獲得眾人的埋解。是這個強烈的念頭促使堯人這麼做。

（雖然總批評父皇是庸俗的凡人，但吾恐怕也是個感情用事的昏君啊。）

對人民過度放低身段的做法，會讓自己失去威信。

不過，現在已經走到一條岔路上了。就算必須低聲下氣，他也得確保計畫能繼續順利執行。

「透過天啟，吾看見了可能浮現的未來。若是不執行這樣的計畫，或許沒過多久，吾便會遭到殺害。」

「怎麼會……」

在場者無一不露出難以置信的困惑表情。

堯人所言都是事實。

目前，他能夠觀測到幾個尚未成形、不連續片段的未來。

其中，最壞的結局，是堯人本人喪命，而齋森美世也落入異能心教手中。在這之後，便是帝國在轉眼間遭到顛覆的未來。

此外，還有堯人平安無事，但美世被擄走的結局；或是美世平安無事，但堯人遭到殺害的相反結局。

前者，在美世被迫照著異能心教的要求施展異能後，帝國隨即落入異能心教手中，到頭來堯人仍難逃一死。

後者，在堯人殞命後，重拾大權的現任天皇淪為異能心教的傀儡，帝國的掌控權也因此徹底落入異能心教手中。為了守護美世，清霞和對異特務小隊聯手孤軍奮戰，但最後仍敗陣下來。

除此之外，堯人還看到了幾種不同的發展，但最後的結局基本上都大同小異。

自己和美世都必須受到確實的保護才行。然而，若是兩人各自待在不同的地方，防守必然只會集中於其中一方，又或是因為人力被分散，導致雙方的防衛都不夠強固。

具體來說，就是久堂清霞——身為最強士兵的他不在的地方，就是敵人攻擊的最佳目標。

（在吾等的戰力之中，最讓甘水直提防的，恐怕就屬清霞了。其他戰力或許不值得一提，但由清霞負責防衛的地方，敵營的攻擊行動便顯得謹慎許多。）

甘水的異能性質相當特殊。這樣的他，就算實力超越清霞也不足為奇。但另一方面，倘若應戰的人是清霞，或許就能和甘水平分秋色。

這樣一來，就有必要讓堯人和美世都待在清霞所能顧及的範圍內。

（只要吾等讓清霞來看守皇居，然後維持這樣的籠城狀態，異能心教便無法直接出手。）

雖然這一切都也只是吾個人的推測罷了——覺得自己有幾分沒出息的堯人，又在心中默默補上這麼一句。

總而言之，這麼做的話，甘水便不會直接對皇居出手，而會試圖尋找其他的弱點進攻。這樣一來，狀況或許就能朝更接近堯人的目標，亦即被害程度較小的方向發展。

堯人「啪」一聲闔上扇子，然後環顧室內。

「在皇居周遭鞏固防線——目前，只有這個方針不會改變。若不將防禦勢力集中於一處，到頭來只會被敵方各個擊破。」

「可是，只是因為區區一個新興宗教，就打破眾多長年以來的慣例，這未免——」

宮內大臣仍面有難色。

這也是無可奈何的。畢竟穩定皇居內部的狀況，正是他的職務之一。雖然能明白對方的苦處，但堯人並不打算讓步。

之後，這場會議又持續了片刻的時間。儘管耐心地說明了關鍵部分，堯人自始至終仍堅持著自己的想法。

◇◇◇

被交代入浴過後到房裡集合的美世，在睡衣外頭罩上禦寒用的羽織外套後，來到葉月的房間外頭。

「我是美世。」

「請進吧。」

美世拉開拉門後，發現由葉月召集過來的成員們已經到齊了。

裡頭除了房間的主人葉月以外，還有由里江。而最讓她吃驚的，莫過於以一副理所當然的態度，大方坐在房間最深處的堯人。

「打……打擾了……」

堯人為什麼會在葉月的房間裡？不對，比起這個，美世完全不知道該如何應付這樣的異常狀況。

「真是個不錯的夜晚啊。」

嘴角微微上揚的堯人這麼朝她搭話。

「是……是的，那個，呃……晚安。」

美世第一次跟堯人對話，是在聽他說明清霞陷入昏迷那件事的來龍去脈的時候。

雖說是第二次和他說話，但她仍完全無法習慣。

「晚安。」

聽到堯人若無其事地回應她的招呼，美世更混亂了。

（啊，我該怎麼辦才好呢？）

這時，美世瞬間回想起自己身上只穿著睡衣的事實。因為擔心自己失禮的行為有損淑女的形象，她難堪地脹紅了一張臉。

「不要緊的，美世妹妹。妳別這麼緊張，來這裡坐著吧。」

葉月輕拍放在她身旁的坐墊這麼說。

「可是……」

「現在沒有人會在意禮數的問題喲，快點過來吧。」

面對葉月不容辯駁的魄力，美世微微垂下頭，安安靜靜地走進房裡，然後在坐墊上坐下。

確認房裡的每個坐墊都找到主人的葉月，在一聲輕咳後道出這樣的開場白。

「好啦。今天把大家找過來這裡，是因為難得有機會像這樣生活在同一個屋簷底下，所以，我希望女性成員們能聚在一起開心聊聊呢。就命名為『女性之夜』吧！」

這感覺是個十分符合葉月作風的歡樂活動。幾乎要接受她的說法的美世，忍不住道出連自己都知道很失禮的這個疑問。

「您說女性之夜……是嗎？」

然而，這裡很明顯有一位不屬於女性的人物。儘管對方的外貌的確美麗清秀到雌雄莫辨的程度，但他無疑不符合「女性」這樣的分類。

葉月沒有直接回答美世的問題，而是將視線移往那位人物身上。一旁的由里江則是一邊「呵呵呵」地笑，一邊看著事態發展。

至於當事人堯人──

「汝等無須在意吾，盡情地聊天吧。吾會將內心化為女性，嘗試當一名好聽眾。倘若還是會介意，那麼，以『堯子』來稱呼吾也無妨。」

則是以泰然自若的語氣這麼表示。

既然是女性之夜，葉月為什麼把堯人也找過來？而堯人又為何願意參加？將內心化為女性是什麼意思？「堯子」這個稱呼又是？

無謂的疑問接二連三在美世腦中湧現。完全不知道該從何吐嘈起才好的她，最後只能沉默下來。

「就是這麼一回事嘍。這位是堯子大人。既然本人都這麼明言了，就放輕鬆這麼稱呼他吧。另外，除了我們以外，其實還有一名參加者呢。」

美世不解地歪過頭。

房間裡已經看不到多的坐墊了。而且，她所熟悉的，同時也是能造訪這個房間的女性，應該都已經到齊了才是。

這時，葉月緩緩取出原本放在房裡的一面立鏡。

「把這個……像這樣……！」

她將看似符咒的紙張「啪」地貼上立鏡背面。

下一刻，鏡子表面開始起霧。原本擦得一塵不染的光亮鏡面，慢慢蒙上一層白色的霧氣。最後。又從下方開始自然恢復成原有的光澤。

然而，直到方才，都還確實倒映出房間內部景色的鏡子，現在卻映出了完全不同的光景。位於正中央的，是一張美世也熟悉不已的臉蛋。

「咦，薰子小姐……？」

明明人不在這個房間裡，但霧氣消散後的這面立鏡，卻確實倒映出薰子的臉龐。此外，不知道是不是錯覺，她的臉頰看起來有點紅，眼眶也濕濕的。

而且，出現在鏡中一角的那個物體是……

「這位是追加的參加者陣之內薰子！呃，哎呀，妳已經喝起來了嗎？」

以笑容向在場者介紹薰子後，察覺到狀況不對勁的葉月不禁圓瞪雙眼。

「是的，我是陣之內薰子。我已經開始喝了！」

在鏡子另一頭，可以看見只有一部分入鏡的酒瓶和酒杯。除此之外，雖然說話咬字還算清楚，但從薰子挺直背脊朝這邊行舉手禮的模樣看來，她八成已經喝醉了。

她這樣能執行軍隊的任務嗎……美世先是這麼想，之後又猜測薰子或許是在休假當中。

如果是這樣，她現在應該是待在軍隊宿舍的個人房裡。

「真是的，我這邊可是連酒都還沒倒出來耶。」

葉月看似不滿地噘起嘴唇。仔細一看，可以發現她身後除了酒類以外，還準備了其他不同的飲料、下酒菜和各式點心。

她或許是打算等大家都打過招呼後，再把它們端出來吧。

「算了，也罷——因為陣之內薰子沒辦法直接過來這裡，我派遣式神過去詢問她的意願，結果她也表示想參加這個『女性之夜』的活動。所以，我就特別施展一點術法，好讓她加入我們。有鑑於我們是待在結界內部，原本應該要避諱跟外界進行通訊的行為；不過，多虧有堯子大人替我們說話，這個活動才能順利舉辦呢。」

儘管葉月跟由里江看起來一副輕鬆自在的樣子，美世仍忍不住懷著忐忑不安的心情望向堯人。

倒映在鏡中的薰子，雖然身上仍穿著軍裝，但領口的釦子是鬆開的狀態。原本總是整整齊齊紮起來的一頭長髮，現在也披垂在身後。或許是因為喝醉了吧，她似乎沒有發現堯人，因此也沒有開口向他請安。

美世不禁開始擔心，薰子有些不成體統的模樣，是否會令堯人感到不悅。雖然穿著睡衣的她，大概也沒什麼資格說別人就是了。

（不過，或許是我多慮了吧……）

堯人並沒有特別指責薰子什麼，只是帶著笑容讓葉月為自己斟酒。

看來，「今晚可以不用拘泥於禮數形式」這樣的認知，或許是正確的。

「來，美世妹妹，妳拿著這個。」

葉月將一只玻璃杯遞給美世，在裡頭注入看似果汁的飲料。

「姊……姊姊，倒飲料這種事情我來……」

「沒關係，因為我是主辦人呀。噢，對了，但妳不能喝酒喲。」

就算被禁止喝酒，美世倒也不會覺得困擾。只是，她不明白為什麼只有自己不能喝。察覺到她內心疑惑的葉月，突然以極為認真的表情這麼開口。

「是清霞交代的。他說絕對、絕對不能讓妳喝酒。」

「是老爺這麼說……？」

「我想，理由八成是不想讓別人看到自己的未婚妻喝醉的模樣吧，我這個弟弟還真是討厭耶。另外，我有跟清霞說我要辦『女性之夜』這個活動的事，但沒跟他說堯子大人也會參加呢。」

葉月先是一臉無奈地聳聳肩，接著又露出壞心眼的笑容。嘴角帶著笑意的堯人跟著幫腔。

「要是被清霞得知現在的狀況，他想必會火冒三丈吧。真是的，吾沒料到他在締結婚約後，竟然會一下子變成心胸如此狹窄的男人啊。」

聽到堯人這句話，一旁的由里江點頭如搗蒜。薰子也以莫名激動地以「沒錯！就是這樣！」附和，然後將手中的酒杯用力放在桌上。

關於清霞火冒三丈的理由，美世決定還是不要多問的好。

「不過，吾也已經跟清霞說過想跟汝聊一聊了。他想必不會有意見吧。」

看著以一臉樂在其中的表情望向自己這麼說的堯人，美世跟著回想起來。

清霞之前有向美世提及堯人似乎有話想對她說一事。他交代美世，若是堯人下達了什麼指示，她必須確實遵從。

雖然美世完全沒料到狀況會如此令人難以理解就是了。

她有種突然被迫面對嚴肅場面的感覺，因此暗自感到戒慎恐懼。

「吾僅是想再多了解汝的為人罷了，汝不需這般緊張。」

「好……好的。」

堯人的說話語氣帶著威嚴，但態度卻很輕鬆自在。平常難以親近的那種感覺，現在似乎也減弱了幾分。

雖然沒自信自己能夠放鬆下來，但美世仍朝他點點頭。

之後，葉月讓由里江捧起酒杯，為她斟酒，接著也為自己倒了一杯酒。

「那麼，『女性之夜』現在正式開始！」

在葉月的一聲令下，眾人一起舉杯。

美世淺嘗了一口玻璃杯中的果汁，感覺滋味跟之前和堯人會面時喝到的飲料有些相似。

在這場聚會之中，最常開口說話的人果然還是葉月。其次是薰子，再其次依序是堯人、由里江，最後是美世。

順帶一提，美世並不是不想說話，只是她不懂能夠適時加入多人對話的技巧。

「女孩子聚在一起的時候，果然還是少不了戀愛的話題吧～」

雙頰微微泛紅、看似心情大好的葉月這麼開口。美世記得她的酒量很好，所以應該不是因為喝醉而突發奇想。

「戀愛算什麼……戀愛算什麼！」

聽到葉月這句話的下一刻，薰子突然這麼大聲嚷嚷，然後趴倒在桌上哭了起來。

「哎呀，薰子。妳過去發生過什麼嗎？」

看到葉月這麼追問，美世不禁慌張起來。

直到前陣子，美世和薰子都還幾乎是互為情敵的狀態。要是薰子提到戀愛相關的話題，不難想像內容必定會和清霞有關。

要是輕易觸及這樣的話題，只會讓在場的所有人尷尬、讓氣氛一併變糟而已。

說起來，葉月理應也已經察覺到背後的原因了，為什麼還要像是刻意興風作浪地這樣追究呢？美世實在難以理解。

「姊……姊姊，問這種問題有點……」

由自己開口制止他人深究這件事，也讓美世有些躊躇，但沒有其他辦法了。她鼓足勇氣，正要開口規勸時，葉月卻帶著極為認真的神情望向她。

「好啦好啦，就聽她說說看嘛……畢竟是薰子主動開口的呀。」

或許是這樣沒錯，但祭出這個話題的人確實是葉月。儘管有些不能接受，但美世還是嚥下了內心的主張。

在這段期間，薰子一直哭哭啼啼地吸鼻子，吐露內心的哀怨。

「其實我打從一開始就知道了啦，我知道隊長只是把我視為一名同事……嗚嗚……事到如今，我也不會再奢望能跟隊長發展出什麼關係，可是……」

「嗯，汝想必經歷了好一段煎熬吧。」

聽著喝醉的薰子道出八成是發自內心的想法，堯人這麼出聲附和她。

她「不會再奢望能跟清霞發展出什麼關係」這句話，讓在一旁默默聽著的美世心中掀起一陣漣漪。

薰子心中的嫉妒，想必是源自過去未能確實抹煞的那份情愫。

戀愛這種東西，總會長長久久地束縛著人心。一想到這裡，美世的心就平靜不下來。

「美世大人？」

一旁傳來呼喚她的聲音。無須轉頭確認，美世也知道是由里江。

「您怎麼了嗎？」

由里江體貼的心意，讓盤據在美世胸中的這股不安微微洩漏出來。

「沒什麼……」

然而，美世並不打算向任何人坦露自身的恐懼、不安——或是迷惘。

跟人生經驗豐富的由里江或葉月商量，應該會是不錯的解決方式。儘管明白這一點，美世仍不知道該怎麼找她們商量，又該商量些什麼。

真要說的話，這是美世的內心，以及她跟清霞之間的關係的問題。即使是家人，將其他人捲入這種問題之中，讓她們特別顧慮自己，會讓美世湧現愧疚感。

在美世試著努力嚥下這種情感時，由里江朝她露出一個溫和的笑容。

「美世大人，您真的很溫柔呢。」

「咦？沒這回事的……」

她一點都不溫柔，只是個無法主動踏出一步、缺乏勇氣的膽小鬼而已。美世很清楚自己的缺點。

但由里江卻搖頭否定了她的回應。

「不，您一直都非常溫柔呀，美世大人，打從一開始來到少爺家便是如此。您總是一直為他人著想，我都明白的喲。」

是……這樣嗎？

美世反倒覺得她總是很自私，滿腦子都只想著自己的事情，而且也害怕受傷。

（……真的很沒出息呢。）

就連現在，她也只是因為害怕受傷，就遲遲不肯做出結論。因為她不想傷害別人，也不希望自己因此受傷。

所以，關於自己對清霞懷抱的這份情感，美世一直希望能讓它維持在溫暖而曖昧的狀態。

相較之下，大方承認自身情感的薰子，是多麼地坦率又美麗呢。

無所作為的她，想自稱薰子的情敵，簡直是不知天高地厚。別說是尚未跟薰子分出勝負了，美世或許根本不曾踏上那個讓她們彼此較勁的擂臺。這樣的她，之前竟然還高高在上地企圖說服薰子。

她輕撫手中變得微溫的玻璃杯。

「……我……」

「我知道美世大人很多很多的優點。不過，像這樣總是把真心話吞回肚裡的習慣，或許既是您的優點、也是缺點呢。」

聽到由里江溫和卻一針見血的意見，美世抬起頭來。

「請您照自己想做的方式去做吧，美世大人。我永遠都會站在您這一邊，也會盡我所能地協助您的。」

「我想做的方式……」

「是的。我不會要您坦承一切，只是希望您能在腦中的一角，記住由里江和葉月大人永遠都會是您的依靠這件事。」

她真的能坦率道出心中的迷惘嗎？她可以依靠由里江和葉月嗎？在這種關頭，她真的能以私情為優先嗎？美世不禁這麼想。

在美世陷入沉思時，薰子的吶喊聲再次傳來。

「無所謂了！我已經喇算為了工作而活！我才不談什麼戀愛呢！」

說起話來變得口齒不清的她，在這麼嚷嚷後整個人趴倒在桌上，開始發出熟睡的鼻息。

「薰子？喂～哎呀，看樣子是完全睡著了呢。」

葉月在立鏡前試著呼喚、揮手，但薰子感覺完全沒有要起來的樣子。「女性之夜」明明才剛開始沒多久，她卻表現得像是來也匆匆去也匆匆的一場颶風。

葉月露出無奈的笑容，又替堯人斟了一杯酒。

「真是的。自己擅自先喝起酒，然後又一下子就睡著了，薰子還真是急躁耶。」

「怕是累積了不少精神壓力吧。」

將酒杯湊近鮮紅唇瓣的堯人，帶著淺淺的笑意這麼說。

「那個，現在才問或許太晚了，不過……我們喝酒沒關係嗎？」

待對話告一段落，美世不禁道出這樣的疑問。

她一直很在意這件事。目前，為了替異能心教和甘水直的來襲做好萬全準備，軍方應該進入高度戒備的狀態才是。美世等人並不是軍人，所以不在此限，但要是因為喝醉，而沒能在緊急狀況發生時確實做出對應，可就會變成攸關生死的問題。

面對她的提問，堯人以「無妨」回答。

「偶爾也需要喘口氣。更何況，甘水不會在這時進攻。」

「……您這麼說，是因為已經預測到他何時會攻打過來嗎？」

聽到堯人以肯定的語氣說出「不會在這時進攻」幾個字，美世不禁這麼追問。

既然明白甘水不會在這陣子展開行動，那又為何要特地讓她住到宮殿裡來？

美世不自覺地以疑惑的表情望向堯人。

但堯人不以為意地接下她質疑的視線。

「吾無法預測明確的時期。不過，今晚沒有下雪對吧？」

「下雪？」

除夕那天降下的雪在地面累積出薄薄的積雪，但不消幾天便幾乎融化殆盡。自從美世等人進宮之後，天氣一直都還不錯，所以現在已經看不到任何殘雪。

不過，甘水跟異能心教的攻擊行動，又跟天氣有什麼關係？

美世和由里江不解地歪過頭，葉月則是靜靜聽著堯人的發言。

「吾所看到的，是積雪高度大概到腳踝那麼深的雪景。」

「雪景……」

美世慢了半拍才恍然大悟。

雪景──雖然沒有繼續多做說明，但堯人所見的未來，恐怕是某個下著雪的日子，以及在那天發生了讓所有人憂心的某種糟糕的事態。

美世的注意力自然而然移向和室拉門的另一頭。

白天時，天空中的雲朵量看起來不多，天氣也不見轉壞的徵兆。所以現在應該沒有下雪。

（堯人大人的意思是，在下大雪的日子到來前，大概不會發生任何事情嗎？）

然而，這樣的日子可能就是明天，或者是後天。

等到下起雪才開始進行相關準備的話就為時已晚了，所以堯人才會像這樣提前指示軍方強化防守。美世大致上明白了。

「向您提出這種膚淺的問題，我真心感到萬分抱歉。」

為自己的駑鈍感到羞赧的美世向堯人謝罪。

堯人再次以「無妨」回應她。

「吾並無法預測未來的一切。就算做得到，也無法一五一十地告知他人。還盼汝原諒吾的無力。」

「沒這回事。」

據說，美世的夢見之力也能用於預測未來。然而，她至今從不曾預測過什麼，也不認為自己做得到。

所以，能夠實際預測未來，並透過這種能力引導蒼生的堯人，不可能是什麼無力的存在。

看到美世以極其認真的表情這麼說，堯人第一次露出幾乎可以用「燦爛」來形容的笑容。

「是嗎？聽汝這麼說，感覺能讓人湧現自信啊。」

「哎呀。就連皇太子殿下，都因為美世妹妹出現而失去自信了嗎？」

在葉月半開玩笑地這麼問之後，堯人看起來輕輕搖了搖頭。

「不……難說，吾不確定自己是否擁有這般貼近人類的情感。或許是被現任天皇的危機意識影響了吧。」

現任天皇相當畏懼夢見之力。因為他判斷這種能看見過去和未來的力量，或許更凌駕於天啟之上。薄刃澄美的存在，可說是擁有夢見之力的女孩即將出世的徵兆，所以，他費盡心思奪走了她的未來。

堯人是否多少感覺到父親這樣的心思和考量了呢？

「雖然吾不太想思考這樣的可能性便是。」

「有什麼關係呢？以前那個表情比較豐富的你，我覺得也很討人喜歡呀。」

葉月這句話，聽起來帶著緬懷過去的深深感慨。

「難說啊。」

擁有力量，是一件很辛苦的事情。

只要擁有力量，就會淪為他人覬覦的對象。倘若無法保護自己，可能就會讓這股力量在無關本人意願的情況下遭到濫用。

雖然擁有夢見之力，但無法保護自己的美世，只能把這項任務交給清霞。

相較之下，堯人則是透過扼殺自己身為人類的心，來保護自己和其他各種人事物。

這般偉大的他，果然不是美世所能比擬的。

美世覺得什麼都做不到的自己很沒出息，也只能為此感到無奈和沮喪。

「那麼，美世妹妹。既然已經聽完薰子的故事，接下來就要聽妳的故事嘍。」

像是要一掃沉悶的空氣似地，葉月心情大好地轉過來望向美世這麼說。

發現矛頭突然指向自己，美世一下子變得不知所措。

「您……您說要聽我的故事？」

「對呀。既然薰子已經醉倒了，接下來能當作下酒菜的，就只剩下妳了嘛。」

美世不禁啞然。這位未來的小姑，竟然堂堂正正地做出把別人的戀愛故事當作下酒菜的發言。

無法回應葉月的期待雖然讓人有些愧疚，但自己實在沒有任何值得一提的經驗談……正當美世想這麼婉拒的時候。

「妳跟我那個傻瓜弟弟，現在進展到什麼程度了呢？」

葉月搶在她之前先發制人。

而且問的還是「進展到什麼程度」——

「進……進進進展……什麼的……那個，這種事……」

不小心順著葉月的提問開口後，聯想到過去各種事蹟的美世緊張得支支吾吾起來。

「你們已經牽過手，也擁抱過彼此了吧？那麼，接下來應該——」

「呃，不，那個……」

不能讓葉月繼續往下說，美世腦內的警鈴大作。

不過，她當然無力堵住葉月的嘴。

這位將來的小姑，露出壞心眼、美麗和愉悅相加之後再除以三的表情，呵呵地笑著問道：

「就是接吻了吧？」

彷彿聽到宛如火藥爆炸的轟然巨響後，美世感覺臉頰發燙到像是有火在燒。

「哎呀……那個不解風情的大木頭，意外地挺有兩下子的嘛～」

聽到葉月這麼調侃，美世完全無法和她對上視線，只能以雙手掩面垂下頭。

此刻，清霞想必也打了個噴嚏吧。

「原來如此，真是人不可貌相。」

不知為何，一旁的堯人頻頻點頭；由里江則是以手掩嘴「哎呀呀」了幾聲，被手遮著的嘴巴，想必浮現了笑容吧。

「呵呵呵，妳這樣害羞的反應真不錯，美世妹妹。我們也有過這樣的時期呢。」

「是啊。」

「確實有過呢。」

在場的三名年長者一臉的感慨。

至此，美世明白了一件事。

這麼說來，堯人也已經有妻小了。印象中，他的夫人是某個正統貴族家庭的掌上明珠，兩人是在國家和皇族的安排下相親，終至結婚。

而葉月跟由里江當然更不用說了。

明白自己無力違抗現狀的美世，只好老實接受這樣的命運安排。

在四人一邊閒聊一邊吃吃喝喝的時候，夜色也漸漸深了。

每天都規劃了綿密行程，因此過得十分忙碌的堯人先行離席後，薰子也終於清醒過來。酒意稍稍減退的她，以一臉睡眼惺忪的表情解除了鏡子的術法。

一下子變得安靜的室內，現在只剩下美世、葉月和由里江三人。

像這樣三人聚在一起的時候，感覺就像是恢復了以往的日常生活；但畢竟待的地方完全不同，所以氣氛也和往常不太一樣。

「美世妹妹……我可以問妳一個問題嗎？」

收拾大家用過的酒瓶、酒杯和盤子等餐具時，葉月這麼輕聲開口。

「是。」

「妳是怎麼看待清霞的？」

美世拾起盤子的手瞬間止住動作。

最先浮現在腦中的，是「果然……」這樣的想法。看來，葉月和由里江早已敏銳地感受到確實出現在美世內心的改變。

這麼說或許有些自以為是，不過，葉月之所以會舉辦這場活動，或許就是因為她已經看穿美世心中的煩惱了吧。

這樣的安排，想必是源自她希望能讓美世更輕鬆地開口的溫暖心意。

（可是……）

美世怎麼也無法道出這個問題的答案。

她自己也很清楚。

過去，要是被問到「妳怎麼看待清霞？」這種問題——不用說，美世的答案一定是「老爺非常溫柔，讓我想一直待在他身邊。他是我最喜歡的未婚夫。」

然而，換作是現在的自己，光是道出「喜歡」一詞，聽起來彷彿就會有某種更深遠的意義。

所以，美世試圖逃避。

「老爺是我很珍惜的人。如果可以的話，我希望一輩子都不要和他分開……我是這麼想的。」

「美世妹妹。」

葉月望向自己的認真眼神，彷彿在說「我不是在問妳這種事情」，美世無法和這樣的她對上視線。

這讓美世有種愧疚感。

因為，她明白自己的心情，也明白葉月這麼提問的用意。在明白一切的狀態下，卻還是想蒙混過去。

「如果妳不想回答的話，也沒有關係，我不會勉強妳。不過，是什麼理由讓妳這麼固執呢？現在應該已經沒有任何猶豫的必要了。無論妳是怎麼想的，我想，清霞一定都會接受。」

「我……」

——因為害怕。

美世害怕自身的這份情感，會帶來某種改變。讓她得到幸福，同時卻也導致他人陷入不幸的改變。

就算被說成膽小鬼，美世仍無法輕易坦白這樣的事實。

就這樣靜待時間流逝的話，她總有一天會和清霞結為夫妻，然後一直和他在一起。

她不會奢望比這更幸福的人生，既然這樣，還有必要把心裡的想法說出來嗎？

美世的呼吸微微顫抖起來。

她感覺鼻腔深處一陣刺痛，內心也因為不知所措而亂成一團。

「我……不想要……改變。」

愛上某個人的話，感覺就會變得眼裡只有對方，一如對她的父親執著不已的繼母那樣。

但如果是親情，就能對許多人表露出來。

葉月、由里江、薄刃家的外祖父和新——現在的美世，便十分喜歡這些身邊親近的人，也對他們懷抱著溫和平穩的親情。

然而，戀愛這種情感不一樣。

那是宛如熊熊燃燒的烈焰，足以吞噬掉人們一切情感的慾望。

美世不想變得跟娘家齋森家那些人一樣，然而，她無法保證自己不會變成那個樣子。

一旦將這樣的慾望化為言語道出……美世或許就會希望清霞看著她。希望他的眼中只有她。這樣的渴望，或許會永無止盡地膨脹下去。

光是想像，便足以令她背脊發冷。

「美世妹妹……」

「只要能跟老爺一起靜靜地生活下去，我就很幸福了。我不需要……只屬於我們的、彼此相通的心意。」

美世的嗓音顫抖著，視野也跟著模糊扭曲，溫熱的液體跟著從眼眶滿溢出來。

葉月以溫暖的雙臂輕輕擁住美世，美世將頭埋在她的胸口開始哭泣。

「對不起喔。我不是故意要讓妳這麼難過……說得也是，妳一定很害怕吧。」

被葉月溫柔地摸頭後，美世的淚水再次溢出。

一瞬間，她回顧了自己的人生，然後覺得愈來愈無法將這份心意說出口。

她對薰子懷抱的嫉妒，以及薰子投射在她身上的嫉妒，讓美世猛然清醒過來。

儘管再三回憶待在娘家那段過去，以「我不想變成那樣」警惕自己，美世發現她仍不自覺地做出相同的事情。

自以為是地對情敵好言相勸的她，難道能保證自己不會因為被嫉妒沖昏頭，而做出傷害他人的行為嗎？

如果維持親情的狀態，就不至於傷害任何人。如果懷抱的是親情，儘管多少會感到寂寞，但至少不會想獨占某個人。

所以，親情或敬愛之情——維持這種像是家人之間的感情就好了。

她好想回到尚未察覺從內心滿溢出來的這股情感的狀態，不用像現在這樣迷惘、煩惱的狀態。

（我實在是太愚蠢了。明明一無所知，卻大放厥辭。）

美世垂下頭藏住眼角的淚光，拚命按捺自己的嗚咽聲。

真要說的話，她根本沒有資格哭泣。因為有很多很多的女性，都期望自己能站在清霞身旁。

「對……不起……突然這樣哭出來……」

美世哽咽著向葉月道歉。

葉月提出來的這個疑問，可說是再中肯不過了。因為美世遲遲不願表露心意，個性溫柔又體貼的葉月會為她感到擔心，也是理所當然。

無法好好回答她的提問的自己，就算挨罵也很合理。

然而，聽到美世向自己賠罪，葉月只是搖搖頭。

「沒關係，我才應該跟妳說對不起呢。是我過度介入妳的私事了，我或許太急躁了一些吧──不過，只有這句話，我必須跟妳說。」

「是。」

從葉月變得有些低沉的嗓音，可以感受到她認真的態度。美世抬起滿是淚水的一雙眼睛望向她的臉龐。

「要不要坦白自己的心意全都取決於妳自己。可是，在告白之後感到後悔，與沒告白而感到後悔，這兩者相比的話，我覺得後者更讓人遺憾。」

「……」

「因為，我就是為了沒能告白而後悔莫及的人。因為錯過時機，我現在已經無能為力了。或許也能說我只是顧著逞強而已吧。」

看著葉月有些落寞的表情，美世胸中湧現苦澀。

「傷害到他人，確實是一件令人害怕的事情呢……這樣的話，妳就換個角度思考吧。妳認為維持現狀就可以不傷害任何人，對嗎？」

美世無法以「對」或「不對」明確回答，無法確實表達自己的想法，或許就是這種感覺吧。

葉月將她沉默的反應視為肯定，又接著繼續往下說：

「的確。倘若妳的心是只屬於妳一個人的東西，或許就是這樣沒錯。可是，我知道有個人，會因為妳沒有坦白自己的心意而受傷喲。」

「咦？」

這怎麼可能呢——美世不自覺地瞪大雙眼，葉月的微笑倒映在她的眼中。

「最喜歡妳的未婚夫恐怕會因此感到受傷，不是嗎？」

「啊……」

未婚夫——清霞的微笑從美世腦中閃過。

因為美世沒有坦白自己的心意而讓清霞受傷——倘若是兩人剛認識的時候，美世絕不會相信這種說法。

但現在，出現在回憶中的清霞，總是將美世視為自己最特別的人。

或許，美世可以相信對清霞而言，自己是個特別的存在。一如他對美世來說無庸置疑是特別的那樣。

既然如此，清霞的期望又是什麼？若是美世沒有坦白自己的心意，他真的會因此感到受傷嗎？

（我不明白，但是……）

回過神來的時候，美世發現自己的淚水已經止住了。

「請……給我一點思考的時間。」

聽到美世努力擠出來的答案，葉月美麗的臉蛋像是鬆了一口氣那樣綻放笑容。

「嗯，當然嘍。妳就好好思考，找到能讓自己變得幸福的那條路吧。我跟由里江都會支持妳喲。」

語畢，葉月轉頭以「對吧？」徵詢由里江的同意，後者也帶著微笑點點頭。

自己究竟是多麼地受到上天眷顧呢。

再三煩惱、迷惘後，明明還是什麼都做不到，卻能有像這樣樂意幫助自己的人在身邊。光是這樣，便令人幸福到無以復加了——美世細細感受著在胸中湧現的暖意，然後這麼想著。

◇◇◇

傍晚，冬季晴空的色彩從橘色轉為紫色，空氣中開始瀰漫足以讓地表的一切結凍的冰冷。

自美世等人入宮暫住後，這已經是第五天了。

在徹底轉暗的寒冷天空之下，美世佇立在堯人宮殿的玄關，目送準備再次返回工作崗位的未婚夫的背影離去。

每天，清霞都會盡可能擠出時間來和她見面。雖然能見面的時間都不太固定，不過，今天兩人順利地一起提前吃了晚餐。

看到清霞健康平安的模樣，雖然能讓美世暫時放下心來，但她內心的不安仍從未消弭。

「老爺，您的身體有沒有不舒服的地方？」

「嗯，我沒事。妳也不需要這樣再三確認……」

面對已經重複過好幾次的這個問答，清霞不禁露出淺淺的苦笑。

「可是，我還是會擔心。」

為了保護美世和堯人，清霞等人現在成了眾矢之的；而國內質疑政府和軍方的聲浪，似乎也一直在增強。

幾乎一整天都要警戒異能心教，同時又得遭受輿論指責，想必會讓肉體和精神都緊繃不已。

要美世別擔心這樣的他，完全是不可能的事情。

美世輕輕以手中的圍巾包覆住清霞的頸子。

清霞先是微微瞪大雙眼，接著以手撫上美世替他繫的圍巾，然後露出溫柔的微笑。

「異能者的肉體比一般人要來得強韌，這種天氣算不了什麼。」

「不管異能者再怎麼強大，會受傷的時候還是會受傷。」

異能者既不是完全沒有感情的存在，也並非不死之身。

如果必須一直繃緊神經，同時還得面對他人的責難，心靈恐怕會因此疲憊不堪。要是因此在執行任務時負傷，甚至就有可能賠上性命。

就算只是輕微的身心疲勞，也可能成為讓身體出狀況的原因。

「我不想再看到您倒下了。」

「……我有倒下過嗎？」

看到清霞將視線移向斜上方裝傻的態度，美世不滿地皺起眉頭。

「有呀，您忘記了嗎？」

「開玩笑的。」

看到美世一臉不滿地抱怨「您真是的」，清霞朝她笑了笑，接著便返回對異特務小隊的陣營。

清霞倒下的身影此刻從美世的腦中浮現出來。去年夏天，清霞陷入昏迷不醒的狀態。看到這樣的他，美世害怕得哭了出來。至今，這仍是一段令她難以忘懷的回憶。

失去珍惜之人的恐懼。美世第一次嘗到這種滋味，是生母在她年幼時早早過世的時候。

還住在娘家那段期間，花姨被解雇而離開後，也讓美世嘗到彷彿一顆心被撕成碎片的失落感。然而，這仍比不上珍惜的人可能在眼前失去性命時的恐懼。

（不對，現在恐怕更……）

美世凝視著清霞的背影消失的方向，然後這麼想著。

懷抱著不斷膨脹的這股情感的她，要是陷入失去他的狀態，就連美世都無法想像自己會變成什麼樣子。

不過，她有預感絕對不會是什麼好結果。

畢竟，美世本身就是因為相愛的人被拆散後，經歷各種痛苦悲傷，最後把怨氣發洩在她身上的被害者。

「美世，不趕快進來的話，會著涼的喔。」

「新先生……」

新從玄關探出頭這麼呼喚。

自己轉頭望向他的時候，臉上究竟帶著什麼樣的表情呢？在視線交會的瞬間，美世發現新稍稍屏息的反應。

輕嘆了一口氣之後，新再次露出溫和的笑容，然後走到美世身邊。

「妳不用這麼擔心，久堂少校想必不會有事的。」

「老爺也這麼跟我說。」

「我想也是。能跟少校平分秋色的人，這世上可沒幾個呢。」

「可是，對甘水直那個人來說……異能恐怕不管用吧？」

薄刃及其分家甘水的異能，都會對異能者產生效果。即使是清霞那般強大的異能者也不例外。

而且，在薄刃家或甘水家的異能者之中，又以甘水直的異能最為強大。倘若和這樣的他對上，就算是清霞恐怕也無法全身而退。

經過好些時日的學習後，美世現在也變得相當了解薄刃的異能了。

新以平靜的眼神俯瞰身旁的美世。浮現在他眼中的思緒和漆黑的夜色混雜在一起，讓人無法正確判讀。

「或許是這樣，但又或許不是。」

「咦？」

新給了一個相當模糊的答案。感覺不像他會說的話。

「妳知道嗎？聽說，異能會因為心意的強弱，而跟著變強或變弱喔。」

「心意的強弱？」

至今，美世跟著新學習異能相關知識時，從未聽他提及這樣的情報。而且，會受到心意的強弱影響這種說法，未免也太籠統了。

眉毛微微彎成八字狀的新聳肩表示：

「我也只是聽說會有這種事而已。至少，我本身不曾有過異能被心意強弱影響的經驗。」

從新的說法聽來，這樣的現象似乎無法明確被證實。

但回想起來，美世之前也是因為一心一意想把清霞救回來，才能第一次施展異能就成功。

「不過，您認為有這樣的可能性是嗎？」

否則，新剛才應該不會用這種說法來回答美世才對。

「……這個嘛。我好像希望這種可能性存在、又好像不希望它存在，要是它真的存在——」

至此，新頓了頓，然後吐出一口氣。

「要是它真的存在，我總覺得現在就能看到不一樣的結果了。」

美世不明白新這番話的意思。她抬頭仰望身旁的他，然而，新沒有再繼續這個話題。

兩人站在原地閒聊片刻後，東方的天空開始染上夜色，隱約可以看到點點繁星在深藍色的夜空中閃爍。

庭院這一頭仍籠罩在橘紅色的夕陽餘暉之下，因此還算明亮。另一方面，從玄關外頭通往皇居腹地內其他宮殿或建築物的小徑，因為兩側種著常綠樹，現在已經被彷彿足以將人吸入的深邃漆黑填滿。

美世和新雙雙沉默下來的時候，一陣汽車引擎聲傳來。

一道明亮的人造光芒，從黑暗籠罩的小徑另一頭模糊浮現，搖搖晃晃地朝這裡靠近。

「哎呀……那輛轎車是？」

點亮兩盞車頭燈的轎車，從碎石路面的小徑駛出，朝兩人所在的方向靠近。

因為周遭過於昏暗，看不清裡頭的乘客是誰。

這輛轎車刻意從美世和新的面前緩緩駛過。美世原本以為是清霞的車，但外型看起來似乎有點不同。那麼，會是他們認識的其他人嗎？她試著這麼思考，但仍然猜不到車上的人是誰。

「那應該是某位大臣的公用轎車吧。」

「大臣……」

「印象中，今天前殿有一場堯人大人也會親自參加的會議。」

這樣的話，情況似乎不太對勁。無論是作為公用場地的前殿或是天皇居住的後殿，都跟堯人的宮殿有一段距離。若是要前往前殿，照理來說，車子應該不會經過跟出口位於反方向的這一帶才對。

在美世等人開始警戒這輛可疑的轎車時，車子停了下來，兩名身穿西裝的男性走下轎車，並朝兩人靠近。

其中一人，是看起來財力雄厚——以量身訂做的三件式西裝包覆住自己豐腴體態、蓄著鬍子的中年男性。另一人則是看上去約莫三十多歲，有著標準身型且長相缺乏特徵的男子。他的衣著也很體面，但跟另一名男性比較的話，便顯得相形見絀。

「哎呀，不好意思。皇居占地實在太寬廣了，我們一不小心就迷路了啊。」

年輕男子笑瞇瞇地這麼開口。

新隨即擋在美世前方，和眼前兩名男子對峙。

「失禮了。我想，兩位應該是文部大臣閣下以及閣下的祕書官吧。敢問您們怎麼會前來堯人殿下的私人宮殿？」

「就是因為迷路了啊，所以想過來向兩位問路。」

年輕男子——文部大臣祕書以若無其事的表情這麼回應。

就連美世也聽得出來，男子所謂的迷路根本是天大的謊言。從去年年末起，就為了參加會議而數度造訪皇居的大臣及其祕書，事到如今怎麼可能還會迷路？

（難不成……？）

儘管明白不能表現出怯懦的反應，但想到有可能遭受對方攻擊，美世不禁從指尖開始變得冰冷。

清霞已經返回對異特務小隊的陣營了。

不過，要從天皇的宮殿過來這裡的話，一定會經過對異特務小隊的陣營附近，所以清霞等人應該過不久就會發現。

「怎麼可能會在這裡迷路呢？」

「我只是記錯了該拐彎的路口，這是任何人都會犯的小失誤吧？」

面對新話中帶刺的疑問，祕書官仍是一臉的毫不在意。

一旁的文部大臣也沒有糾正這樣的祕書，而是以一雙眼睛細細打量新和美世後，不屑地以鼻子哼笑一聲。

「……哈！我還以為殿下特別交代要好好保護的異能者是何方神聖，不過就是個毛頭小子，還有一副窮酸樣的小丫頭嗎？」

事到如今，美世和新已經不會因為這種程度的侮辱而動怒了。

不過，一邊以手捻鬚一邊這麼開口的大臣，其目中無人的態度仍讓人感到不快。

「既然這樣，您應該也沒有必要特地來一睹毛頭小子和小丫頭的樣貌吧？從繞過來這裡的原路折返的話，您馬上就能返回自宅了。」

新這番聽起來謙虛有禮，卻處處透露出挖苦意味的發言，讓大臣和祕書不悅地皺起眉頭。

「看樣子，你似乎不懂和上位者說話時應有的禮數啊。還真是無藥可救。」

「就算您這麼說，但不巧的是，目前正逢嚴加戒備的時期，這點您想必也很清楚吧。所以，您同樣也是必須警戒的對象，閣下。無人能夠例外。」

聽到新以按捺著怒意的冷靜語氣這麼反駁，大臣更不滿了。

「就連面對我們這種無力的普通人都必須警戒到這種地步，那我看異能者也沒什麼了不起的。吹噓自己擁有異能，但其實根本無法施展什麼超自然的能力吧？所以才只能像隻小兔子那樣瑟瑟發抖而已。」

顯而易見的挑釁發言。

貴為國家大臣之一的人物，做出這種言行舉止真的沒問題嗎？

美世至今所見識過的，諸如清霞、堯人和薄刃家的成員，都相當忠於自身的職務和責任，以崇高的態度面對自己的人生。

跟這些人物相比，眼前的男子看起來實在不像一名肩負重責大任的人物。

現在，美世的內心除了恐懼和憤慨以外，感覺似乎又多了幾分無奈和失望的情緒。

「……請兩位離開這裡。」

或許是認為沒有必要跟對方你一言我一句地應酬了吧，新明確地下了逐客令。

「閣下，這些傢伙想必真的沒有異能吧，所以才會這麼固執地想把我們趕走。他們一定是有什麼心虛之處。」

「哈哈哈，的確──既然主張自己是理所當然要受到重視的異能者，就展現一下證據給我看啊。你們應該做得到吧？」

根本沒有人覺得自己必須受到重視。

之所以有必要保護堯人和美世，是因為這兩人很有可能是異能心教下手的目標，並不是因為他們是異能者，所以理所當然要受到保護。

身為參與國家政事的一分子，倘若大臣是打從內心做出這種發言，恐怕就不是不明事理一詞足以形容的了。

不知該作何反應的美世，只能帶著困惑的表情仰望身旁的新。

「就算您這樣出言挑釁，我們也不會施展異能的。畢竟沒有意義，而且對我們也沒有半點好處。」

聽到這兩人的酸言酸語，新應該不至於沒有半點感覺。

然而，要是在堯人居住的宮殿附近施展異能，進而引起騷動，可就真的是愚昧至極的行為。

雖然不知道對方背後的用意為何，但想以挑釁的方式促使新等人發動異能的他們，很明顯是缺乏常識的那一方。

「你這囂張的……」

看似有些卻步的大臣發出「嗚！」的呻吟，正要開始咒罵時，遠處傳來其他汽車引擎聲、輪胎在碎石地上前進的聲音，以及許多人朝這裡靠近的腳步聲。

「初瀨部文部大臣！您這是在做什麼！」

其中一輛轎車緊急煞車後，一名身穿西裝的男子走下車，氣急敗壞地這麼率先開口。

美世下意識放心地吐出一口氣。

（是鷹倉大人……）

確定要暫住在宮殿裡的當天，他有向美世簡單做過自我介紹。在那之後，清霞也曾跟美世說過，在政府官員之中，鷹倉特別受到堯人信賴，他也是會站在美世這一邊的人物。

鷹倉身後還跟著宮內大臣和宮內省的侍從們。

更後方則是對異特務小隊的成員——雖然不見清霞的身影，但可以看到在最前方率領隊員的五道。

「你問我在做什麼？這樣不會太無禮了嗎，鷹倉內府？」

「現在這種情況，禮數已經不重要了。雖然貴為大臣，但在嚴加戒備的這段時期，還請您克制在宮中恣意妄為的舉動。」

「你說我恣意妄為？別想指揮我怎麼做！」

文部大臣提高音量這麼咆哮，接著又以銳利的眼神怒瞪美世等人。

「更何況！要說恣意妄為的話，一開始擅自允許這些跟騙子沒兩樣的人物入宮的，可是你們啊！」

「我們有先行知會各大官員了。」

「我可沒有批准！」

在文部大臣因為鷹倉的反駁而暴跳如雷時，令人意外的是，他的祕書官開口勸阻了這樣的他。

「好……好了好了，閣下。要是繼續這樣鬧下去，只會引發更大的問題，請您現在先忍一忍吧。」

像是在安撫躁動的馬兒那樣制止上司的祕書官，一瞬間似乎和美世對上了視線。

（咦……？）

美世不禁雙肩微微一震。不知道是不是錯覺，她總覺得對方瞪了自己一眼。

「美世，妳怎麼了嗎？」

「啊，沒什麼。」

看到表哥帶著擔心的表情轉過頭來，美世朝他搖搖頭。

剛才的口角想必也讓祕書官動了肝火吧。更何況美世和新又是薄刃家的成員，因此，可能遭受的責難也比其他異能者來得強烈。

除此之外，文部大臣似乎是站在否定異能者的立場上；而從言行舉止看來，他身旁的祕書官感覺也同樣排斥異能者。這樣的話，就算被對方怒瞪，恐怕也是無可奈何的事情。

「真是萬分抱歉。敝人開車時不慎走錯路，結果引來這麼大的風波。」

方才還在大臣身旁煽風點火的祕書官，現在卻擺出一副若無其事的態度，厚臉皮地向新賠罪。

「我們不需要您這種言不由衷的謝罪，請盡快離開這裡吧。」

「哎呀呀，您會忿忿不平，也是很正常的反應。不過，還請您寬宏大量，原諒敝人的過失吧。」

說著，祕書官朝新走近，像是跟他很熟稔似地伸手輕拍他的肩頭。不管怎麼看，這都不像是跟人道歉時應有的態度，不難理解新沉下一張臉的理由。

兩人擦肩而過時，祕書官的嘴唇輕輕蠕動了幾下。

「——別忘了你的職責所在。」

新一瞬間瞪大雙眼，而後輕輕咬唇。

這句輕喃只有傳進他的耳中，就連美世也無從得知。

而後，祕書官和大臣就在周遭眾人不滿的視線包圍下，默默走回自己的公用轎車上。

「不好意思，我們來遲了。美世小姐，妳有沒有受傷？」

朝美世等人走近的五道一臉愧疚地這麼問。

「五道大人……我沒事。」

新一開始便擋在前方袒護她，而且，也沒有發生任何會導致美世受傷的事情。聽到她的回答，五道像是徹底放心下來那樣說了一句「太好了」。

「隊長剛才親自到前線去了。現在，他應該已經收到通知，我想不久之後就會趕過來了吧……真抱歉。」

「不要緊的，謝謝您。讓各位這樣勞師動眾地趕過來，我才應該說抱歉。」

在美世鞠躬致歉時，一旁的新不知為何露出不悅的冰冷微笑。

「美世，妳不需要道歉喔，因為這確實是他們的失誤。雖然剛才的大臣閣下等人是清白的，但倘若是甘水喬裝成他們的模樣混進這裡，一切就太遲了。」

「哎呀……是的，誠如您所言……」

三人對話的同時，文部大臣和祕書官所搭乘的轎車，伴隨著震耳欲聾的引擎聲駛離了現場。

隨後，鷹倉也加入了對話。長相看起來理性又充滿智慧的他，現在臉上寫滿了疲倦和沮喪。

「給兩位添麻煩了。」

「這次我們沒有蒙受任何危害，不過，希望可以避免相同的事態再次上演呢……雖然我也不是不懂你們的立場很為難。」

新面對鷹倉的態度也很嚴厲。

美世不清楚詳細的情況，不過，政府內部似乎也並非是上下一條心的狀態。

有些人並不信任身為天皇代理人的堯人，有些人則是對「由是否擁有天啟這種一般人無法理解的能力，來決定國家的下一任統治者」的現狀存疑。

堯人一邊和這些勢力奮戰，一邊代替天皇處理政務至今。然而，這次招攬美世等人入宮暫住的計畫，似乎讓這類對他不滿或不信任的意見全數爆發出來。

美世可以想像，文部大臣想必也是因此而心生不滿的人物之一。

「這是當然的。身為堯人大人的心腹，我必定會盡我的全力，預防這樣的事情再次發生。」

「拜託你了。」

到頭來，美世仍無法理解大臣等人是為何而來。

只是，她至少還得在宮殿裡待上個十天左右。現在發生這種事的話，能否安然度過剩下的期間，實在讓她感到很不安。

「……那兩位大人究竟是為了什麼事而過來呢？」

美世不解地這麼自言自語。

身為大臣及其祕書的人，不可能會在皇居裡頭迷路。因此，他們理應是為了其他理由而現身。

「這個嘛，我也不清楚。不過，說不定是特地過來窺探我們的狀況吧。」

「特……特地做這種事嗎？」

「看來政府官員真的都閒到發慌呢。」

新以帶刺的挖苦語氣回應。

（總覺得……有點奇怪。）

儘管臉上掛著一如往常那個平易近人的溫和笑容，但打從剛才開始，美世總覺得新的一言一行都莫名透露出攻擊性，跟他以往的行事風格大不相同。

「新先生。」

「什麼事，美世？」

聽到她的呼喚，這名表哥以跟平常沒什麼兩樣的親切態度回應。

然而，美世仍一直有種不對勁的感覺。她覺得或許有必要確認一下。

「那個，您……沒事吧？」

她無法道出什麼貼心的提問。

該問些什麼、又該如何問，新才會老實回答她？一下子想不到答案，最後只能以這種籠統的方式問出口的自己，讓美世感到很失望。

「雖然不知道妳指的是哪方面，但我沒事喔。」

「不，呃……那個……我不是這個意思。」

「不是這個意思？」

「那個，您……是不是有什麼煩惱……或是困擾……之類的？」

看著視線在半空中游移，說起話來也吞吞吐吐的美世，新不禁輕輕笑出聲。

「哈哈，妳不用擔心我。噢，不過，確實有一件讓我困擾的事情呢。」

「咦！」

新願意跟她傾訴自己的煩惱了嗎——美世懷著這樣的期待猛然抬起頭。

不過，擅長以各種方式偽裝自己的這位表哥，可不會這麼輕易向人坦露他的內心世界。

「因為妳總是馬上就會被捲入麻煩之中，我得一直將注意力放在妳身上，實在很傷腦筋呢。」

美世想問的並不是這種事情。可是，新的這句回應，卻又中肯到讓她完全無法否定，所以她實在說不出半句話。

除了未婚夫清霞以外，美世也時常讓身為表哥的新為自己處處操心。這點她是有所自覺的。

「——只不過……」

新低沉的輕喃從上方傳來。

「畢竟我無法保護妳到永遠。」

這句聽來落寞又縹緲的話，瞬間刺進美世的心底。

仔細想想，這是很正常的。儘管彼此是親戚，但美世總不能讓沒有住在一起的新一輩子擔任自己的護衛，更何況，也沒有這麼做的必要。

只是一句極其理所當然的發言，為什麼會讓自己如此在意呢？

「新先生……？」

「不過，如果是現在的妳，就算我不在了，或許也沒問題呢。」

「沒這種事的……」

不可能會沒問題。要是真的沒問題的話，清霞也不會刻意將感覺像是自己的勁敵的新安插在美世身旁。

新沒有望向美世，只是隱約透出一股不容辯駁的魄力繼續往下說：

「妳現在已經變強許多，更何況還有久堂少校陪著。」

「不，我一點都……」

「妳確實變強了。所以，在不遠的將來，我們恐怕就無法像現在這樣共度時光了吧。」

此刻，新明明就站在身旁，但美世卻覺得他離自己好遙遠。

儘管在對話，但現在不管說什麼似乎都無法觸及他的內心，而美世完全不明白新為何會變成這樣。

「不好意思，我讓妳困擾了呢。」

看似已經轉換好心情的新，將眉毛彎成八字狀朝美世微笑。想看清這樣的他的真心，對美世來說太過困難了。

「不會……如果你並沒有煩惱的話，我就……」

「我跟平常一樣喔。不過，或許心情煩躁了點吧。」

美世無從窺探新的內心世界。就算試著去了解他的想法，感覺也有一道高牆阻擋在眼前。

◇◇◇

美世陷入了混亂。

不對，說得正確一點，應該是為了眼前的景象愣住，而無法好好思考的狀態。

「……我的被褥……原本是這個樣子的嗎？」

現在，出現在清霞和美世面前的，是一床整整齊齊鋪在榻榻米上，尺寸偏大的被褥——此外，還有穩穩擱在被褥上方，存在感意外強大的兩顆枕頭。

「我是不清楚，不過，妳平常不會用到兩顆枕頭，所以應該不一樣吧。」

在一旁這麼輕聲回應的清霞，看起來也有些茫然。

傍晚那件事告一段落後，又過了幾小時的現在。

在那之後，上氣不接下氣地趕回來的清霞，再三詢問美世身體有沒有異狀。儘管美世告訴他自己沒事，但清霞似乎完全聽不進去。

再加上——

「美世妹妹！妳沒事吧？那些人有對妳做什麼奇怪的事情嗎？聽說妳遇上了很不得了的事情，我擔心得要命呢！」

激動得甚至眼眶泛淚的葉月，以有些誇張的態度反覆叨念「太好了……真是太好了……」而一旁的由里江也沾染上這樣的情緒，結果引發了一場不小的騷動。

隨後，為美世的人身安全憂心的葉月和由里江，強烈要求清霞暫時留在堯人的宮殿裡，跟美世兩人好好休息。

這陣子以來，清霞一直忙於工作。如此寒冷的天氣，卻只能像是露營那樣睡在帳篷裡，想必也讓他累積了不少疲勞。

既然這樣，乾脆讓他以擔任美世的護衛為由，暫時放鬆休息一下——這想必也是極其自然的發展。

（這……這應該沒有什麼可疑之處……吧。）

葉月和由里江對著清霞要求「你快休息吧，快點快點」的態度，雖然稍嫌強硬，但這也是一如往常的事情。

因為難以拒絕這兩人，清霞和美世被迫接受了這樣的提議，同樣是很正常的情況，理應沒有任何不自然的地方才對。

不過，這片光景又該如何解釋呢？

洗完澡後，美世基於未婚夫「我送妳回房」的好意，和他一起返回自己被分配到的房間時，映入眼簾的，卻是被打理成如同前述那樣的光景。

想當然耳，這是美世第一次在這個房間遇上這種不明的神祕現象。

（而且，新先生也不知道在什麼時候離開了……）

在美世踏進浴室前，都還在她身旁擔任貼身保鏢的新，現在也不見蹤影。除此之外，原本把和室拉門隔出來的另一半空間當作房間使用的由里江，現在似乎也不在裡頭。房裡感覺不到其他人的氣息。

這樣的光景，讓美世莫名有種似曾相識的感覺。

「被擺了一道啊。」

「……果……果然是這樣嗎？」

看來，這果然不是能以「神祕現象」一詞解釋的情況。

然而，葉月和由里江先前才認真聽美世訴說過她的煩惱，應該能明白她的心境，所以或許不至於想出這種強硬手段。

更何況，她們只是要清霞和美世好好休息，並沒有暗示要兩人同床共枕。

這樣一來，打造出這種狀況的人——

「應該……不是姊姊幹的好事。就算那副德行，她好歹也還是不到三十歲的淑女，不會做出這種鄙俗的安排。那麼，八成就是堯人大人了吧。」

帶著一臉厭煩表情的清霞搖搖頭，以略為粗魯的語氣這麼說。

（跟之前造訪久堂家別墅時的情況一模一樣呢……）

不過，也有些不同於那時的地方。

「唉，既然是堯人大人的安排，我恐怕沒有其他地方能睡了吧。」

這裡不是久堂家的宅邸，而是屋主另有其人的房間，一切都由堯人主宰大權。也就是說，就算清霞要求另外給他一個房間，最後仍得依堯人的衡量來決定。

情況可說是相當嚴重，美世和清霞等於沒有任何足以打破現狀的方法。

「真受不了。這麼大一床被褥，到底是從哪裡搬過來的啊。」

「……」

「說得好聽一點，或許是體貼我們的安排，但……身為已經成年的大人，況且又是貴為皇太子的人物，竟然做出這種……」

不知道是不是錯覺，清霞似乎變得有些多話。以手扶額的他，此刻臉上寫滿了無奈。

另一方面，除了渾身僵硬地愣在原地以外，美世不知道還能作何反應。

（我……我要跟老爺一起睡？真……真的嗎？）

儘管兩人同住在一個屋簷下，但美世和清霞還只是未婚夫妻的關係，尚未正式結為夫婦。

在這樣的狀態下，要他們同床共枕，不會太快了嗎？不對，絕對太快了，也太奇怪了。

「美世。」

「是……是！」

因為心慌意亂，美世回應清霞的聲音有點破音。

「沒辦法了，睡吧。」

語畢，仍穿著一身軍裝的清霞脫下上衣，拾起擱在房間一角的睡衣。

他以手鬆開紫色髮繩，一頭美麗的淺褐色長髮跟著在背後傾瀉而下。

「……美世，妳這樣盯著看，我很難換衣服啊。」

在清霞帶著幾分猶豫這麼開口後，茫然杵在原地的美世才瞬間回過神來。

換衣服。沒錯，清霞接下來要換衣服了。也就是說，繼續站在這裡的話，自己將會目睹到他原本包覆在衣物之下的肌膚——

「對……對不起！」

像是尖叫那樣開口道歉後，美世匆匆趕到走廊上，啪一聲用力關上身後的和室拉門。

她羞恥得彷彿整張臉都在噴火。儘管佇立在理應很冷的冬天的走廊上，她卻渾身發燙到想要把羽織外套脫掉，甚至還直冒汗的程度。

「但就算被妳看到，我也不在意就是了。」

「我……我會在意的……！」

不過，他說「不在意」是什麼意思？清霞想被美世看到自己更衣的模樣嗎？他又不是變態暴露狂，所以應該不是這麼一回事才對。

因為方寸大亂，美世的思緒開始朝奇怪的方向狂奔。

細微的衣物布料摩擦聲現在聽來卻格外清晰，讓美世不知道該把聽覺集中在什麼地方才好。

「我換好了。」

在一瞬彷彿永遠那麼久的時間經過後，清霞從內側拉開和室拉門。

「會著涼的，快點進來吧。抱歉，好像是我把妳趕到外頭似的。」

「是……」

房間裡頭很明亮。因為難為情，美世的耳朵紅通通的，眼眶也有些濕潤。因為不想被清霞看到這樣的表情，她低垂著頭走回房裡。

在冰冷的空氣籠罩下，美世不禁開始擔心自己的身體會不會因為發燙而冒出蒸氣。她好想從這個房間逃出去。

戰戰兢兢地抬起視線後，她隨即後悔了。

平常，美世幾乎每天都會看到換上睡衣的清霞。做睡衣打扮的他並不罕見，也不是什麼看了會令人心慌意亂的光景。

然而，一想到接下來要跟他同床共枕，身穿質地輕薄睡衣的清霞，看起來甚至讓美世覺得有些妖豔。

「被褥給妳用吧，美世。」

「咦？」

聽到未婚夫的這句話，腦袋完全沸騰的美世不解地歪過頭。

被褥給妳用——聽起來彷彿是清霞不打算使用這床被褥的感覺。

「要是我們躺在同一床被褥上就寢，妳想必無法放鬆吧。」

「可……可是，那老爺您呢？」

「我沒關係。就算不睡，也不會有太大影響。要是真的累了，我坐著也能睡著。放心吧，我會守在妳身邊。」

看來，清霞似乎打算只讓美世睡在被褥上，自己則是在一旁整晚守著她。

美世實在無法同意這樣的做法。

「不……不可以。老爺，還是請您使用這床被褥吧，您難得有機會像這樣好好消除疲勞呢。」

「這可不成。要是這麼做，就變成我把妳丟在一旁，只顧著自己睡大頭覺了。」

「但我認為這麼做比較好。」

反正到了明天，美世八成也只會繼續窩在這個房間裡。

但清霞不一樣。為了提防異能心教或甘水的攻擊行動，他隨時都必須繃緊神經，又只能像露營那樣在帳篷裡生活，想必一直都未能好好休息。

就連五道在內的其他隊員，也都會能輪流回家休息個一到兩天，只有清霞沒有這麼做。

至少在今晚，她希望他能好好休息。

「別開玩笑了。」

清霞重重嘆了一口氣，然後伸出手輕敲了一下美世的腦袋。

這當然完全不會痛。不過，因為吃驚，美世忘了前一刻仍羞赧不已的心情，抬起頭仰望清霞的臉。

「我怎能自己一個人慵懶地躲在被窩裡睡下呢？妳就乖乖照著我說的去做吧。」

「……我不要。」

雖然明白這麼做只會讓彼此的對話變成兩道平行線，美世還是忍不住反駁。

她可以想像清霞慢慢變得不悅的反應，儘管如此，她仍不願妥協。

「老爺，我希望您能睡在被褥上。」

聽到美世明確地這麼表示，清霞看起來終於是放棄了。

「真拿妳沒辦法，那我睡在榻榻米上吧，不過，妳得去睡在被褥裡。這是我最大的讓步了。」

沒等美世回應，清霞便迅速轉過身，揪起兩個枕頭其中的一個。看到他準備在榻榻米上躺下，美世的身子下意識地動了起來。

「妳這是做什麼？」

美世匆匆揪住了清霞睡衣的衣袖。

指尖的神經此刻彷彿全數坦露在外，讓她的注意力完全集中在那裡。

好不容易降溫的臉頰，現在又開始發燙。

「那個……老爺……我……我們一起……」

這是極限了，美世實在無法繼續往下說。太難為情了、太不知羞恥了。

她的手在顫抖，但願自己使盡渾身解數鼓起的勇氣能夠傳達給清霞。

這時，清霞輕輕伸出手，鬆開美世因為緊揪住他的衣袖而發白的指尖。

「我明白了。雖然不甚樂意照著堯人大人的安排去做，但我們就一起睡吧。」

兩人以不太自然的動作在被褥上並排著躺下。

（我都做了些什麼呀……）

心跳劇烈到胸口幾乎隱隱作痛。而心跳聲清晰的程度，讓美世覺得自己的心臟好像就在耳畔跳動似的。

連美世本人都難以相信，她剛才竟然做出那般大膽的舉動。

現在，被褥上的美世和清霞各自望向外側躺著。

背後的另一個存在，讓美世在意得不得了。

自己劇烈的心跳聲，彷彿會透過被褥傳達給清霞；緊張而急促的呼吸，也好像會被他聽見。

美世盡可能移動到被褥的邊緣，然後縮起身子。

就這樣安安靜靜地躺到天亮吧。

這麼想的時候，清霞突然開口了。

「……妳睡不著嗎？」

即使試著假裝睡著，也馬上被他識破了。

美世竭盡全力擠出平靜的嗓音，小小聲地以「沒……沒有」回應。

「我睡得著，我會……努力睡著。」

要不然，清霞恐怕也會因為在意她有沒有睡著，結果一夜無法成眠吧。

美世閉上雙眼。

儘管她努力試著沉澱自己的意識，但心跳聲實在是太吵了，再加上又很介意身後的清霞，睡意壓根無法湧現。

這樣的話，她就只是閉上眼睛的狀態而已。

這時，清霞細微的嗓音再次傳來。

「妳睡不著吧。」

「……是的。」

這次，美世舉白旗乖乖這麼回答。

剛才主動說要兩人一起睡的人明明是她，實在是太丟臉了。

她腦中的某一部分，原本抱持著「只要鑽進被窩裡，自然就會變得想睡，最後在完全不在意清霞的狀態下睡去」這樣的樂觀想法。此刻，她真想把這部分的自己痛罵一頓。

「美世。」

「是……是。」

「在睡意湧現之前，我們聊一聊吧。」

清霞是在顧慮她嗎？美世明明是因為想讓他好好休息，剛才才會那麼堅持己見。想到自己從頭到尾的表現，她不禁愧疚到坐立不安。

但另一方面，能夠像這樣和清霞兩人在安靜的地方說話，也讓她感到很開心。

「您想要聊什麼呢？」

「……妳呢？妳想聊什麼？」

最近這幾天，他們都沒能好好說上幾句話。

清霞雖然每天都會抽空過來和美世見上一面，但因為工作太忙，他頂多只能和美世一起吃頓飯而已。

所以，美世覺得自己應該有很多話想要跟他說。

然而，一旦真的到了這個關頭，她卻又想不出可以聊的話題。

「不然，在睡著之前，我們就輪流對彼此提出一個問題，讓對方回答如何？」

「我……明白了。」

自己想問清霞的問題——美世盯著昏暗房間裡的牆壁開始思考。

不過，比起該問些什麼，清霞這個突如其來的提議，更讓她有些無法釋懷。

向彼此提問，然後回答。這樣的要求實在不像清霞的作風，因為，這樣就好像他渴望更加了解美世似的。

在美世苦思的時候，清霞隨即提出第一個問題。

「那麼，從我開始吧──來到這裡之後，有發生什麼讓妳感到困擾或是害怕的事情嗎？」

「沒有。」

即使明白清霞看不到，美世仍在黑暗中輕輕搖了搖頭。

「大家都親切又體貼，也總會小心翼翼地保護我……有好幾次，我都覺得自己是個受到上天眷顧的人。」

「這樣嗎？」

每個人都很細心地保護她，為了不讓她的生活受到威脅而在各方面做出貼心的安排。

所以，美世不曾感到困擾或害怕。

真要說的話，今天傍晚發生的那件事，倒是讓她嚇出一身冷汗。萬一那位大臣及其祕書是甘水的手下──光是想像這樣的情況，就讓美世整個人止不住顫抖。

不過，儘管如此，她壓根沒有感受到過去待在娘家時那種孤獨無助的感覺。有新陪在她的身邊，鷹倉和對異特務小隊的成員們也火速趕到現場，讓美世覺得自己可以很放心地依賴他們。

她並沒有真正感受到什麼危機。

回想起這些，美世不禁覺得自己像個手無縛雞之力的孩子那樣無助，因此有些難為情。

「是的。那麼，接下來換我……老爺，您至今曾因為這份工作而體驗過什麼辛酸痛苦的事情嗎？」

美世按捺著心中的不安這麼詢問清霞。

一時之間想不到該問什麼的她，最後道出這個類似清霞剛才問自己的問題。

（可……可是，只要是老爺的事情，我都想知道嘛……）

她在心中這麼替自己辯解時，清霞不假思索地這麼回答。

「這份工作本身，並不曾讓我感到辛酸或痛苦。」

「從來都沒有過嗎？」

這麼追問後，美世才想起「一次問一個問題」的規定，忍不住以雙手掩住自己的嘴巴。

「啊！對不起，我問了兩個問題呢。」

或許是從美世的嗓音察覺到她沮喪的反應了吧，清霞以帶著些許笑意的「沒關係」回應。

「這個嘛，從來都沒有……不對，畢竟我的工作和軍務相關，所以有時也會覺得很吃力。在同事或下屬負傷倒下時，也會感到懊悔。不過，我不會覺得這是一份讓人辛酸痛苦的工作。」

「這樣呀……」

雖然清霞坦然地這麼表示，但這份工作，想必為他的肉體和精神都帶來了相當大的痛苦。

過去聽聞的五道父親的那件事亦然。眼睜睜看著自己身邊的人陸續倒下、死去，自己卻無力拯救他們的悔恨。

美世完全無法想像清霞至今究竟承受了多少的傷痛。

「那妳呢?成為我的未婚妻之後，妳曾經感到後悔嗎？」

清霞再次提問。

不過，對美世來說，這是個簡單至極的問題。

「完全不會。一開始，覺得自己只是代替妹妹來到您身邊時，我原本感到相當不安，但這樣的感覺也在不知不覺中消失了。」

「那就好。」

兩人的對話沒入夜晚的寂靜之中。

此刻，只剩下彼此細微的呼吸聲飄盪在室內。

「……」

「……」

美世覺得眼皮變重了一些。

或是因為這樣吧。

開始有些意識不清的腦袋，湧現了想要詢問清霞更深入的問題的想法。

「那個，老爺……您……」

在睡意輕飄飄地降臨的同時，最後僅存的理智和身為淑女的教養，讓說到一半的美世猶豫起來。

「什麼？」

清霞回應的語氣儘管平淡，卻也隱約透露出一股溫柔。

「您——曾經感受過『愛戀』這樣的情感嗎？」

回過神來的時候，美世發現自己已經這樣問出口。

不可思議的是，一旦開口說出來之後，因為無法回頭，她反而有種坦蕩蕩的感覺。

「愛戀……嗎？」

清霞的輕喃聲融入周遭的黑暗之中，然後消逝。

沉思片刻後，他以有些含糊的嗓音，像是一邊說一邊確認那樣開口。

「老實說，我不曾有過能夠斷言『這就是愛戀的情感』的經驗。無論是面對來自他人的感情、或是自己的感情時，我都刻意讓自己變得遲鈍。至今，我終於明白了。其實我只是在逃避，不願意認真去面對其他人而已，所以，我不曾有過那樣的情感。」

清霞聽起來帶著些許悔意的語氣，讓背對著他的美世因倍感意外而屏息。

不過，這或許是理所當然的。

因為，他雖然是個溫柔體貼，內心也有著柔軟一面的人，同時卻也很笨拙。

所以，或許——

「您是以這樣的方式在保護自己呀，老爺。」

這跟美世還待在娘家時，極力避免自己將情緒表現在臉上的做法一樣。

「妳是這麼看的嗎？我倒覺得自己只是不夠認真而已。不過，這樣的話，那妳又如何呢？」

「咦？」

美世原本因睡意而變得朦朧的意識，此刻稍微清晰了一點。

「妳是不是在害怕什麼？如果是我誤會就算了。不過，我覺得妳或許是有什麼煩惱，或是駐足不前的原因吧。」

「我……」

此刻，美世才明白清霞早已察覺到了。

她不曾說出口、也避免表露出來的那份情感，已經被清霞發現了。而他現在在詢問自己隱瞞的理由。

美世沒能馬上回答。

先用問題打探清霞內心的人是自己，而他也以誠摯的態度回應了美世的提問。

所以，美世認為自己絕不該以含糊敷衍的答案回應清霞。儘管如此，她的心卻害怕得完全不敢踏出一步。

「——是因為我不夠可靠嗎？」

清霞的嗓音隱約透露出一股冰冷和脆弱。

美世一瞬間愣住，接著連忙開口否定。

「不……不是這樣的。」

她緊緊捏住被褥的一角。

難道自己讓清霞感到不安了嗎？

『最喜歡妳的未婚夫，恐怕會因此感到受傷，不是嗎？』

葉月這句話在腦中浮現。

「不是的……我從來不曾覺得您不夠可靠，一次都沒有這麼想過。」

並非清霞不夠可靠。不可靠的人，反而應該是美世自己。

正因為她明白自己是多麼微不足道的存在，所以才更無法相信這樣的自己。

美世也知道這種想法既矛盾又武斷。因為，她明明已經順著內心這股強烈不已的情感，依賴著、緊緊攀附「清霞的未婚妻」的寶座不放，然後走到今天。

她無法忍受他人因自己而變得不幸。

所以，倘若像現在這種溫暖的日子能一直持續下去，她就不需要那宛如烈焰般熊熊燃燒的情感。

「美世。」

「是。」

美世感覺到原本背對著自己的清霞轉過身來。

她也跟著轉身。

兩人的距離靠近到即使在黑暗中，她也能清楚看見清霞一雙認真的眸子。

「我不會滿足於現在的狀況，我渴望得到更多，可以的話，也希望能建立起更深的羈絆。不是跟別人，而是跟妳。」

意思是，他希望能夠得到美世的心嗎？

這個事實帶來的強烈震撼，讓美世止住呼吸，也說不出半句話。

「我……」

「妳會覺得這樣的我很膚淺嗎？會覺得這是邪魔歪道的想法嗎？」

他的提問，彷彿已經看穿了盤據在美世胸口的糾葛情緒。

美世的心，像是被丟擲了石子的湖面那樣掀起陣陣漣漪，完全平靜不下來。

「……我不會這麼覺得。」

美世垂下眼簾，勉強擠出這樣的回應。

清霞伸出白皙的手指，輕輕撫上美世的臉頰。從他溫柔的指尖透出的暖意，讓美世變冷的臉頰再次發熱。

「抱歉，都是我在提問啊。」

聽起來有些困擾的虛弱語氣。想到讓眼前這個人變成這樣的是自己，美世便不知道該說些什麼才好。

她只能閉上雙眼，沉默地搖搖頭。

不知不覺中，她的意識就這樣被睡意吞噬。

第四章　存在於夢中的過往

這天，灰白色的雲朵覆蓋了天空，室外的寒風吹來格外冰冷刺骨。

雖然尚未降下白色的雪花，但每個人都看得出來現在天色不佳，過不了多久，天氣恐怕就會轉壞。

在帝國最高貴的一族所居住的皇居腹地裡，宮內省和內大臣府的辦公處所在的區域一角有一片寬敞的空地，被稱為前衛的對異特務小隊臨時陣營便駐紮於此。

開始在這裡駐紮之後，一轉眼就是十天。

設置在陣營裡頭的帳篷內部，有幾張簡素的長桌和椅子，平時都會維持有幾名隊員在這裡待命的狀態。

現在，帳篷裡頭除了身為隊長的清霞之外，還有幾名隊員及一名剛加入的成員。

「噢，已經開始了嗎？還真快耶。」

一個完全讓人感受不到緊張氣氛的悠哉嗓音傳來。

這個聲音的主人，是一名把玩著手中圖樣華麗的扇子，身穿鮮豔原色和服的青年。

一如往常給人放蕩不羈印象的他，是辰石家的現任當家辰石一志。

「……你也早點出現吧。」

「有什麼關係呢？我已經準時到了啊。」

即使五道板著臉這麼指謫，一志也只是輕輕聳了聳肩。

已經逐漸看習慣這樣的光景，因此早就放棄責備一志的清霞，只是微微嘆了一口氣。

「看樣子，好像要從頭開始說明比較好啊～嘻嘻！」

以有些嘮叨的語氣這麼開口的，是過去替重傷的五道治療、擁有異能的醫師雲庵雀兒。

除了醫師這個身分以外，同時還是少數的異能者相關研究者的他，是清霞母親那邊的親戚。

「說結論就行了。」

清霞淡淡地回應。

雖然跟雲庵認識已久，但他實在不是清霞會想進一步交流的對象。因此，面對他的時候，清霞的態度總會不自覺地變得嚴厲一些。

不過，因為當事人看起來完全不在意，所以清霞也不曾改變過他的應對態度。

「啊，是嗎？那我就只說結論嘍～一般人也看得見的異形——有一部分是擁有實體的存在。」

實體和靈體……換言之，就是肉體和靈魂。

人類和其他生物都是以靈魂寄宿於肉體之中的形式存在於這個世界上。

另一方面，以往的異形都是靈體，也就是只有靈魂的存在。因為不具有肉體，除了天生就能感測到靈體的異能者或擁有見鬼之才的人以外，都無法看見牠們。

（然而，異能心教卻成功把不可見的異形變得可見。）

想讓一般人也看得見身為靈體的異形，最確實的做法，就是讓牠們擁有實體。跟西方的「道成肉身」是差不多的意思。

目前，有些擁有強大力量，以及無異於人類自我意識的高階異形，便能夠自由讓實體顯現或消失，甚至是混入人類社會中生活。

但異能心教打造出來的那些異形不同。

他們不知透過什麼樣的方法，成功讓弱小的異形擁有實體，並將其展示在眾多一般人面前。

過去，清霞曾在久堂家別墅附近遇過被惡鬼附身的人類，還發現了做為媒介的惡鬼之血。讓異形擁有實體的做法，或許也採用了相同的原理。

那時，異能心教是讓惡鬼附身在人類的肉體上，藉此讓牠們擁有實際形體，再採取被附身者的血液──亦即「惡鬼之血」──然後將這種血注入異能心教的信徒體內，讓他們轉化為人造異能者。

這次的異形，或許就是更進一步運用這種方法的結果。

「我們還從裡頭發現了這個東西喔～來，你們看。」

說著，雲庵將一個白色的素面小碟子放在長桌上，又從懷裡掏出看似舶來品的一只放大鏡。

「你們用這個看看碟子正中央的部分吧～」

眾人望向雲庵所指的那個小碟子中央。無須透過放大鏡，也能用肉眼看見上頭有個透明的，約莫只有幼童指尖那麼大的球體。

「真是的，因為太小一個，我們花了好一番功夫才把它找出來呢～這玩意兒啊，是結界喔～」

「你說這是結界……？」

五道發出驚呼聲。

看到他的反應，雲庵不知為何露出感覺有些詭異的滿足笑容。

「哎呀，真的很厲害耶～我還是頭一次看到尺寸這麼小，卻如此堅固的結界呢。

實在是太喪心病狂了～異能心教裡頭，想必有個人特質相當適應結界術，同時又很擅長結界術的術師存在吧～」

聽到雲庵彷彿陶醉在其中的語氣，清霞沉下臉。

雖然不知道術師是什麼來頭，但對方想必不願意被雲庵這種人說成是喪心病狂吧。

不過，能夠這樣驅使結界術的人物，能力確實相當高強。

對於自己布下的結界的強度，清霞有一定的自信；不過，要是被問到能否打造出這般精細的結界，他就不太有自信了。

「原來如此，真是厲害耶～不過，要怎麼做才能讓異形擁有實體呢？」

聽到一志這麼問，雲庵以一副「問得好！」的態度滔滔不絕地解說起來。

「除了結界以外，異能和術法對實體和靈體都會起作用。會對兩者起作用，就代表能夠將兩者結合在一起～這個球體結界裡頭，放入了人類的指甲碎片呢。雖然不知道是誰的～」

「指甲……」

被他這麼一說，透明球體內側確實隱約可以看見一小塊異物。

「把放著指甲碎片的結界植入異形體內。這樣一來，就會變成結界內側對實體作用、外側對靈體作用的狀態了～跟結界一起植入異形體內的『人類指甲』成了能夠跟牠們相結合的生物物質。雖然不算完整，但這樣的做法，仍能讓異形成為擁有實體的生命。」

即使不是所有的異形，只要讓極少數個體擁有實體，就能讓大眾實際目睹、接觸到牠們。

雖然有點複雜，但總算是明白其中的原理了。

（還真是棘手啊。）

為了消滅靈體而施展出來的異能或術法，對自然物質或實體能造成的作用不大。想消滅擁有實體的「讓人看得一清二楚的異形」，就得把對方視為實體，而不是靈體來攻擊。

然而，要這麼做也有難度。

基於以往的經驗，異能者和術師都會下意識地將異形視為靈體來對付。遇上異形的瞬間，要馬上將思考切換成「敵人擁有實體」來對付牠們是相當困難的事情。而且，像這樣產生迷惘的話，就會讓自己有破綻。

不過，在明白其中原理之後，就可以思考其他因應對策。

「所以……破除植入異形體內的結界的話，就能讓牠們失去實體了？」

聽到五道這麼問，雲庵點了點頭。

「正確答案。所以，才要請他過來一趟呢～」

眾人的視線隨即集中在一志身上。

「原來如此。因為結界算是一種術法，所以就屬於破除術法專家的我負責的領域嘍。」

雖然擁有見鬼之才，一志卻幾乎無法使用異能。為此，他轉而學習如何破除術法，以擅長此道的術師身分來協助異能者。

這可說是他讓自己以術師的身分維生的戰略。

「只要破除結界，就能讓異形無法保有實體，恢復成過去那種一般人看不見的異形。或者像清霞這種強大的異能者，也可以以蠻力來刻意破壞結界。這種結界雖然很堅固，但也不至於完全無法破壞呢～」

只憑蠻力的話，很難破壞高強度的結界。再加上這種異形用的結界十分縝密，因此術法的結構想必也很複雜，需要一定程度的能力才能破解。

儘管如此，對異能者或術師來說，比起「敵人是擁有實體的異形」，建立「敵人的真實身分是結界」這樣的觀念，會比較輕鬆一些。

不過，就算明白這些道理，這樣的敵人依舊相當棘手就是了。

清霞隨即在腦中回顧每一名隊員的個人技能，思考如何編制出能順利對應現況的小隊。

就在這時，一志悄悄將手伸向桌上的小碟子。

「啊，真的破除了。」

小碟子裡的球體無聲無息地淡化、消失，最後只留下看似細小粉塵的白色指甲碎片。

「喂！你幹嘛擅自做這種事啊！」

「哎呀，有什麼關係呢。這樣一來，我就確定自己破除術法的能力確實能發揮作用了。之後只要這麼做，馬上就能解決問題嘍。」

儘管五道怒聲指責一志不受控的行為，但當事人卻一副氣定神閒的模樣，完全不把他的話當一回事。

雖說是自己麾下的一員，但清霞也放棄糾正這樣的一志，轉而望向五道開口。

「五道，馬上對所有隊員下達指示。今後，倘若遇上一般人也看得見、異能難以起作用的異形，能夠破解術法的人就以這樣的方式對付牠們；要是現場沒有能夠破除術法的人，就嘗試以蠻力破壞結界，或是透過結界捕捉這樣的異形。」

「了解了！」

看到五道挺直背脊回應後，清霞又望向一志這麼囑咐。

「辰石，之後你可得好好貢獻力量了。」

「我明白，我就是為此而來的啊。」

在一志露出輕浮的笑容這麼允諾後，五道橫眉豎目地警告他：

「辰石！你可絕對不能給隊長添麻煩喔，絕對不能！」

看來，在面對一志的時候，五道平時那副輕佻的態度就會徹底消失。

論實力的話，五道比一志更優秀，所以他其實用不著像這樣燃起敵對意識；不過，這或許並不是實力孰高孰低的問題。

「是是是，五道，你還真是喜歡隊長耶。也就是因為這樣，你才會找不到交往對象啊。」

「啥？別說些奇怪的話啦！」

「好了，快點出發吧。吵死了。」

清霞強行終結現場逐漸白熱化的氣氛，瞪著兩名下屬這麼開口。

「……是～」

五道不太情願地走出帳篷，跟著離開的一志則是一臉得意的笑容。

外頭開始颳起帶著水氣的風。

◇◇◇

美世迷迷糊糊地睜開眼。

帶著草木氣息的夏日薰風，輕輕揚起她的一頭黑色長髮。

古色古香的木造房屋，以及庭園裡頭的那處樹蔭——差不多要看習慣這片光景的她，明白自己目前身在何處。

（是過去的薄刃家……）

這是夢見之力向她展示的過去的真相。母親澄美生前和甘水見面的地方，以及兩人之間的點點滴滴。

這是哪個時期的過往呢？

在夢中造訪這裡幾次後，美世發現時間似乎有持續在流逝，但她沒有能夠確認這一點的方式。

在屋簷下方的陰影處，可以窺見年輕的澄美的身影。

她穿著一身有著鮮豔牽牛花圖樣的紬布和服，以可愛花朵造型的髮簪將一頭柔亮的黑色長髮弄成公主頭的造型。

散發著少女氣息的澄美站在房舍的屋簷下，看似在眺望某個遙遠的地方。

總會陪在她身旁的甘水這次不在，雖然不在——

美世卻有種直覺。

——沒錯，是跟上次夢見這片景色時相同的異樣感。

（不行，我得趕快醒過來。）

美世將手撫上一旁的樹幹，樹木表面粗硬的觸感，此刻分外地真實。

她不能繼續待在這個地方，位於意識深處的本能，讓美世提高警覺。

「我正在等妳呢，美世。」

美世有種突然被冷水灌頂的感覺，她吃驚地屏息。

從一旁呼喚她的這個嗓音，平淡到足以令人背脊竄起一陣寒意，但同時，聽來卻又像是蘊含著狂喜的情緒。

「你是……」

在圓形鏡片後方發光的那對眸子，散發出讓人畏懼的瘋狂氣息。儘管夢中的他打扮看起來像一名讀書人，樣貌也比現在年輕幾分，但一雙眼睛給人的感覺完全沒變。

甘水直。夢中的他確實看見了美世，還開口呼喚她。

美世瞬間嚇得臉色發白。

「妳不用這麼警戒。我不會對妳動手，更何況，在夢中的話，沒有人能夠贏得了妳，所以我也一籌莫展。」

他這番話或許屬實，不過，就算這樣，美世也不可能放下心來。

面對傷害過自己以及自己身邊人的對象，放下戒心可說是愚蠢至極的行為。

不過，最根本的問題，在於這樣的狀況實在太不尋常。

「為什麼……」

理應是夢中人物的甘水，為什麼可以像這樣和她對話？

能夠進入他人的夢境是夢見的異能最大的特徵。這是一種獨一無二的能力，除了美世以外，無人能夠施展這種力量，就算是承襲薄刃家血脈的其他異能者亦然。既然如此，為什麼這個男人做得到？

看到美世茫然輕喃的反應，甘水的嘴角微微上揚。

「至今，妳都以為自己是夢見了過去實際出現過的光景吧？的確，驅使夢見之力的話，據說就能夠洞悉過去、現在和未來。不過，這個薄刃家的昔日時光，其實是我夢中的世界呢。」

「咦……」

甘水出乎意料的震撼發言，讓美世瞪大了雙眼。

在這之前，美世都以為這樣的夢境，只是自己在重新體驗過去曾經發生的事情，就像是在觀看一段紀錄那樣。

因為，之前夢見齋森家的過去時就是這樣的情況。那並非是誰的夢境。真要說的話，美世或許是在自己的夢境之中觀看著那段過往。

所以，她原本以為這個夢境亦是如此。

有著年輕樣貌的甘水，瞇起雙眼眺望薄刃家的宅邸。

「跟澄美分開之後，我沒有一天不會夢到昔日和平的時光。這段記憶，實際上是我回顧過往而成的夢境。」

「那麼，我至今看到的有關薄刃家的夢境，全都是……」

「是妳以夢見之力踏進了我的夢裡。」

美世先前的異樣感，原來也是基於這樣的緣由。

（我原本是以觀看過去的畫作或照片那樣的心情在眺望這些夢境，結果並不是這樣嗎？）

原本被她視為只是沒有靈魂，如一齣人偶劇般的這些過往，其實都源自於失去澄美後，企圖率領異能心教顛覆帝國的現在的甘水的意識。

那時，美世以為自己只是這段過去的旁觀者，因此判斷夢裡的人物不可能會注意到她。

自遇見甘水之後，美世不時會窺見的薄刃家的過往，原來是殘存在甘水腦中的記憶編織而成的夢境。

「我總覺得不太對勁，有種彷彿一直被人偷窺的感覺，所以猜想是不是這麼一回事，結果真被我料中了呢。」

一步、兩步。美世慢慢往後退，拉開自己跟甘水之間的距離。

如果是在夢裡，就算甘水真的動手，也不會對美世造成實際上的影響。然而，對甘水這個人的強烈厭惡感，讓美世不想跟他待得太近。

（好想馬上清醒過來啊……）

不管過了多久，美世都沒有要從夢中世界被拉回現實的感覺。身為異能者，自己不夠成熟的能力，讓她感到相當不甘。

既然逃不掉，那也別無他法了。

做好覺悟後，美世筆直地望向眼前的甘水直。

盡可能從他口中套出情報吧。她得掌握這個難能可貴的機會，試著做出對清霞等人有所助益的事情才行。

畢竟，自己難得不會畏懼甘水的異能，能夠很普通地和他對話。

「……你為什麼要做出那種傷害其他人的行為呢？」

「妳所謂傷害其他人的行為是指？」

甘水似乎也打算回應美世的提問。

不知何時，原本佇立在屋簷陰影處的年輕澄美消失，這個世界只剩下美世和甘水兩人。

甘水走到澄美方才所在的陰影處，然後直接坐在地上。

「你把一般人變成異能者，又像欺騙薰子小姐那樣欺騙其他人。有很多人都因你而受傷。」

「這是大家自己做出選擇，然後自己招來的結果喔。就算因此受傷，我也沒有任何責任。若是有人被路旁的石頭絆倒，妳會用『你為什麼要傷害其他人？』去指責那顆石頭嗎？」

「……不會。」

被問得無言以對的美世垂下頭。這種唇槍舌戰，她完全沒有勝算。

因為能言善道同時又精明能幹的甘水，便是運用自己這樣的特質來欺瞞他人，甚至還企圖拉攏帝國人民的心。

隨即變得沮喪的美世，努力試著讓自己重振精神。

「增加異能者的數量、綁架天皇，還企圖透過這樣的做法來支配國家……你這麼做是不對的。想改變什麼的話，應該還有其他方法——」

「原來如此，我懂了。難得有這樣的機會，我就跟妳說清楚吧。」

甘水打斷說話語氣變得有些激動的美世。

一陣風吹來，庭院裡的樹木跟著沙沙作響。這是薄刃家沐浴在初夏的明亮陽光下的美麗風景。

然而，美世和甘水兩人完全搭不上這片風光明媚。

「我呢，想打造出一個嶄新的世界。一個由優秀的人——也就是異能者來領導的國家，然後讓這樣的做法遍及全世界。」

嶄新的世界，美世默默在內心複頌這幾個字。

將所有看不順眼的東西破壞殆盡，然後從零開始重新建構。這是甘水本人在上一個夢境中說過的話。

他所謂看不順眼的東西，指的是無法讓他順心如意的現在的帝國，或是整個世界嗎？

「你想要權力嗎？」

取代現任天皇，將整個國家變成符合自己喜好的模樣。

甘水所道出的主張，全都給人誇大又缺乏真實感的印象，有如稚嫩孩童心目中理想的未來。

然而，國家並非是能夠讓單一人物把玩在掌心的玩具。

「意思不太一樣。權力，就必須由擁有同等力量的人來掌控，而我們擁有那樣的力量。」

甘水搖搖頭，以指甲刮開鋪在地上的碎石。

「現在這樣的情況是不對的。薄刃家或是其他優秀的異能者，完全沒有道理要被整個社會無視。但現況又如何呢？無人明白真正的強者是誰，反倒是平凡無奇的一般人，都自以為是優秀的存在，傲慢地抓著手中的權力不放。」

「……」

「現在這種以天皇為國家最高掌權者的體制並不正確。天啟的異能根本比不上妳的夢見之力，亦即薄刃家的異能，再說，皇族對自己族人以外的異能者太過苛刻了，竟然讓他們被迫過著不見天日的生活。由薄刃家成員站在所有異能者之上，然後領導他們來主宰整個國家——這才是國家應有的正確樣貌。」

甘水所提倡的理想，就只是對他個人有利的東西罷了。

他企圖把自身的無力歸咎於這個世界和帝國，打算從最基本的法則將其顛覆。看在美世眼裡，她只覺得甘水弄錯了努力的方向。

「……感覺你只是因為沒能拯救家母，所以用這種方式發洩。」

美世苦澀得不禁這麼開口反駁。聽到她的指謫，甘水眨了眨眼，一副倍感意外的樣子。

接著，他震顫著喉頭發出喀喀的笑聲。

「妳很清楚嘛，不愧是澄美的女兒。看起來很文靜，說起話來卻直言不諱，這點幾乎一模一樣。」

甘水盤腿坐在地上，以手托腮繼續往下說：

「看到妳這樣的一面，我更想讓妳代替澄美來接收我打造出來的新世界了。」

說著，他臉上的笑意變得更深。

看到眼前的男子以理所當然的態度道出「接收世界」這種話，感到全身發毛的美世不禁環抱住自己的雙臂摩挲。

「妳有這樣的資格。應該取代天皇，站在所有異能者之上的人物，是薄刃家的成員才對。更何況，夢見之力又是薄刃家的異能之中最高階的能力。由妳來擔任新世界的女王，是合情合理的事情。」

做書生打扮的這名年輕人，以莫名得意的語氣這麼主張。

事到如今，美世似乎能明白薄刃家為何過去總是不在人前亮相，堅守著自律生活的原因。

是為了避免如同眼前男子這般懷抱著野心的人出現。

「妳應該能理解我這番話才對。十多年以來，妳一直遭受著不公平的虐待。要是這樣的妳說自己從不曾覺得這種情況不合理，我可不會相信喔。」

美世吃驚地回過神來。

還待在娘家時，她確實有過好幾次「這太不合理了」、「為什麼只有我得遭受這種對待」的想法。

在得知自己其實擁有夢見的異能時，她也憤慨地想過「要是異能可以早點覺醒就好了」、「這樣的話，我長年以來過得那麼痛苦，又是為了什麼？」

（可是，這不一樣。）

即使齋森家的家人這般愚昧，美世也不會因此就想支配他們，她不曾湧現這樣的念頭過。

跟齋森家的人相比，她又能說自己比他們優秀多少呢？

自己從來不曾像這樣傷害過別人、也從未做出不合理的行為——她有辦法自信滿滿地這麼保證嗎？

斷定自己是優秀到足以領導國家的人物，還強迫整個國家的人民接受這樣的想法，未免也太厚顏無恥了。

「我無法理解，也不需要這樣的權力。」

「真的嗎？」

「咦？」

甘水的嗓音突然變得銳利起來，彷彿是已經鎖定獵物的一頭猛獸那樣。

「這樣的妳，真的能守護自己珍惜的人事物嗎？」

「……」

「妳所見的世界太過狹窄，所以，妳現在仍懷抱著『只有自己受傷的話就無所謂』這樣的想法。不過，妳總有一天會體會到的——只能眼睜睜看著自己珍惜的人受傷、痛苦，想著要是自己擁有更多力量，事情或許不至於演變至此的滋味。」

即使身邊深愛的人會因此而受傷，妳還能堅持自己不需要力量嗎——

眼前這名失去深愛女性的男子，一雙眼睛彷彿在這麼質問美世。

一滴黑色的異質物滲進美世的內心，彷彿有另一個自己在輕聲問她「真的嗎？」

她不能動搖，甘水這樣的做法是不正確的。

「……我不需要能夠完全如自己所願的世界。」

勉強擠出來的嗓音，顫抖到令美世感到難為情的地步。

她很明顯無法徹底反駁甘水的說法。

「我會完成這個計畫。屆時，我一定會提拔妳為新世界的女王，但妳一定也會再次拒絕我吧。」

甘水意外地收起方才犀利的說話語氣，以乾脆到令人驚訝的態度放棄。

雖然不可能這樣就完全安心下來，但美世仍稍稍鬆了一口氣。她朝甘水用力點了點頭。

「是的，我會拒絕。」

「無妨。不過，我可不會這樣就放棄喔。」

坐在地上的甘水起身時，周遭綠意盎然的美麗風景，似乎一瞬間變得模糊。

「打從妳出生之前，我就開始了這樣的計畫，到現在已經超過二十年了。我不會讓任何人阻礙自己往前行。包括妳在內的任何人。」

甘水帶著極為愉快的表情這麼說。

無法屏除的不安和恐懼，讓美世的心跳再次變得急促起來。

「我不會協助你的。」

她集中精神在自己的每一字每一句上，這麼說給甘水和自己聽。

要是稍微露出破綻，感覺就會馬上被他洗腦。

（……沒事的，冷靜一點吧。）

連眼睛都不敢眨一下的美世這麼安撫自己。

只要持續否定甘水的說法，撐到自己從夢中醒來就好。

然而，不知為何，她總有一種揮之不去的不祥預感。像是玻璃窗上無法抹去的灰濛濛的痕跡那樣，某種令人無法釋懷的感覺一直盤踞在腦中。

「不，妳一定會加入我們的，有很多方法可以讓妳這麼做。尤其是現在已經得到權力的我。」

甘水的嗓音，聽起來彷彿在嘲笑強忍著背脊發冷的感覺的美世。

「你……打算做什麼？」

美世的心跳愈來愈快，心跳聲也愈來愈清晰。現在，她感覺自己像是在跟一頭野生的猛獸對峙，只要背對對方，就會遭到攻擊。

額頭淌著冷汗的她，不禁又往後退了一步。

「哎呀～想得到妳的話，比起直接對受到嚴格保護的妳下手，還有其他更好的做法呢。」

從陰影處走到陽光底下的甘水，完全不打算隱藏自己異於常人的氣質，只是帶著一臉愉悅以及像是陶醉於品嘗他人悲哀的恍惚表情，緩緩地這麼開口。

「——對久堂清霞下手即可。」

啊啊——美世的胸口同時湧現絕望和恍然大悟的感覺。

（因為老爺就是我的一切啊……）

感到一陣全身無力的她，差點就要直接癱坐在地。

因為有清霞在，她才能重拾自信；因為有清霞在，她才有餘力渴望溫暖而安穩的人生。

要是清霞不在了，美世的幸福也不復存在，要是清霞不在了……美世實在難以想像之後的發展。

「老……老爺他……」

無法順利呼吸的美世，以近似呻吟的嗓音擠出這幾個字。看著這樣的她，甘水訕笑道：

「他很強，所以不會有問題？哈哈哈，當然有問題嘍。」

不知何時，甘水來到在原地無法動彈的美世面前。

「他是一名軍人、一名公僕，所以有無法違抗的事情，尤其是為了保護妳或其他人的時候。」

「你……打算做什麼？」

清霞不可能會輸！美世想這樣相信。

然而，她卻怎麼也無法消弭心中的忐忑。甘水堅定又充滿自信的態度，讓她感到強烈的不安。

「……要是全都說出來就沒意思了，差不多也該從夢中醒來了。」

看到甘水轉身背對自己，想要留住他的美世甚至忘了心中的恐懼而伸出手。

「請等一下，你想……你想對老爺做什麼？」

美世在內心祈禱這個夢還不要醒來。

如果能一直把甘水關在這個夢境裡，就絕對不會有人受傷。

只要這個當下就好。如果異能真的如新所說的那樣，會隨著施展者堅定的心意變強，那麼，拜託只要這個當下就好——

自己會變成什麼樣子都沒關係。請把甘水囚禁在這個夢裡，絕對不要把他放出去。

不過，已經太遲了。

周遭的景色開始晃動、扭曲、變得模糊，終至失去色彩。

「妳就試著自己思考吧，雖然妳絕對阻止不了就是了。只要先擺平久堂清霞，妳一定會到我這裡來。」

甘水最後轉過頭拋下的這句話，給人風雨欲來的感覺。

美世下意識用手按住自己的胸口，同時輕輕咬唇。

（老爺不會輸的。而我也不會去甘水那裡。）

倘若明白甘水的目標是清霞，一定可以找到什麼因應之道。能讓自己不為異能心教或甘水折服的方法，想必存在於這個世上。

「……得跟老爺說一聲才行。」

美世試著振作起來。現在不是因為過度悲觀而灰心喪志的時候。

在甘水的背影徹底消失的同時，薄刃家和平安穩的昔日光景跟著應聲瓦解、消失，沒有留下半點痕跡。

喉嚨的痛楚讓美世醒來。

她待在堯人宮殿中分配給自己的房間裡。精心保養過、感覺價格不菲的木質書桌上，擱著幾本攤開的書。

這些是跟葉月借來的參考書籍，美世似乎是在複習內容時不小心睡著了。

她像這樣打瞌睡多久了呢？

因為籠罩在冬日寒冷的氣息下，咽喉傳來陣陣刺痛感。

「夢……不行，得早點跟老爺說才行。」

原本睡得迷迷糊糊的腦袋一下子變得清醒，美世也隨即站起身。

甘水鎖定的目標不是美世，而是清霞。不對，說得正確一點，應該是因為鎖定美世，所以才打算先排除清霞。

她拉開房間的和室拉門。明明距離太陽下山還有好一段時間，但因為天空被灰色的厚重雲層掩蓋住，外頭看起來有些昏暗。

根據堯人的預測，在降雪累積到某個程度後，即是決戰之時。雪還沒開始下，所以應該沒這麼快出現積雪，但她得動作快才行。

在夢中聽聞的甘水的目的，以及眼前不佳的天候……危機恐怕已經相當逼近。

「美世妹妹？」

聽到呼喚聲，美世轉過頭，發現葉月和由里江一臉不解地站在自己身後。

「您已經醒來了呀，我剛好想過來叫醒您呢。」

「……怎麼了嗎？妳看起來很焦急的樣子。」

「因為，天氣看起來……」

聽到美世緊張地這麼說，葉月點點頭表示理解。

「嗯。不過，沒問題的。堯人大人已經開始採取行動了。」

不對，我不是這個意思——儘管想這麼說明，但美世現在連一刻都不想浪費。

而且目前的她，在沒有保鏢的情況下，無法獨自在外頭走動。

美世匆匆環顧四周，尋找擔任自己的保鏢的新，卻都不見他的身影。

「姊姊，請問新先生人呢？」

「咦？噢，他有說要稍微離開一下……大概是五分鐘之前的事吧。看起來還沒回來的樣子。在這種時候，實在是不夠謹慎呢。」

「這樣……嗎……」

美世內心的焦躁感愈來愈強烈。

（該怎麼辦才好……）

雖說狀況緊急，但就這樣一個人衝出去，未免太草率了。

新因故不在美世身邊時，應該會有其他熟面孔代替他過來擔任保鏢，但現在也沒看到這樣的人出現。這種情況下，她壓根無法懷抱「先靜觀其變」這般樂觀的態度。她必須盡快前往對異特務小隊的陣營，去和清霞見上一面才行。然而——

「美世妹妹，妳到底怎麼了？」

「我有一件無論如何都得馬上告訴老爺的事。」

看到美世真心感到焦急的神色，葉月的表情變得僵硬起來。

「妳想去找清霞？可是，保鏢不在的話，也無法行動呢。」

新沒辦法馬上回來嗎？

口口聲聲說要保護美世的他，為什麼偏偏在這種時候……

「為了加強防守，我想清霞應該馬上會過來這裡，不過……等我一下。我送一隻聯絡用的式神過去，要他加快動作吧。」

葉月穿越走廊，返回自己分配到的那個房間，然後拎著一個小型手提包回來。她從手提包裡頭取出小小的白色紙片，將它釋放至屋外。

「希望他能早點收到——由里江。」

「是。」

「妳去拜託宮裡的侍從，請他們馬上找能夠擔任保鏢的人過來，即使不是異能者也無所謂。」

「我明白了。」

聽到葉月的指示，由里江隨即轉身行動。

接著，葉月帶著一臉凝重的表情再次望向美世。

「是很急迫的事嗎？」

「是的。」

間。

待葉月釋放出去的式神抵達清霞身邊，然後他再趕過來這裡，不知道會花多久時間。

要是之後——不對，要是甘水在清霞趕過來的路上，就執行了他的策略的話——美世實在無法在這裡枯等。

她帶著幾分猶豫，點頭回答了葉月的問題。

「我明白了。就算我們沒辦法主動去找清霞，至少也先找一位宮殿裡的衛兵過來，然後在玄關等待吧。」

「是，我馬上這麼做。」

美世轉身欲離去時，葉月卻一把揪住她的手。

「等等，美世妹妹。我跟妳一起去。」

「這怎麼行呢？請您待在房裡吧，姊姊。」

雖然不會離開結界內部，但畢竟無人知曉會發生什麼事。她不能把葉月也捲進來。

不是因為葉月礙手礙腳，只是，如果她被擄為人質，情況恐怕會變得跟美世被擄走沒有兩樣。

不過，葉月看起來相當堅持。

「沒關係。真要發生什麼事的話，就算是我，也多少能幫忙爭取時間呀。而且，現在不應該把時間花在爭論這種事情上。」

「……說得也是。」

美世按捺住自己躁動不安的心，朝葉月點點頭。

可以的話，就算得離開結界，她也想馬上趕到清霞身邊。然而，美世實在太過脆弱，要是她這樣的行動引來問題，就會讓眾人至今的努力化為泡影。

既然葉月已經釋出式神到清霞身邊，在這裡乖乖等待是最理想的做法。

兩人匆匆來到玄關，向自己遇上的所有衛兵搭話。雖然剛才已經拜託由里江做一樣的事，但現在的情況，保鏢不管有幾個都不嫌多。

不過，兩人卻遇上了完全出乎意料的狀況。

「咦？為什麼……」

「如同剛才所說的，沒有堯人殿下本人、侍從長或是宮內大臣的許可，恕敝人無法擔任您的保鏢。」

衛兵只是面無表情地這麼回答，完全不把美世和葉月的請求當作一回事。

「請恕我拒絕。」

「想要委託保鏢的話，請您帶著指令書過來。」

「得先稟報侍從長才行……」

雖然也有幾名衛兵將眉毛彎成八字狀、看起來很愧疚的樣子，但她們問過的每一名衛兵，都拒絕擔任美世的保鏢。

（好奇怪啊……）

就連美世本人都不禁感到詫異。

美世等人是基於堯人的指示而待在宮殿，因此，被分配過來看守這座宮殿的衛兵們，理應也有義務要保護她們。離開自己負責的崗位雖然不是什麼值得稱讚的行為，但沒有半個人願意協助她們的情況，實在有些不自然。

「這是怎麼回事呀？宮內省雇用的全都是這種不知變通的人嗎？」

葉月氣得露出橫眉豎目的表情。

美世不知道侍從長和宮內大臣人在何處，但堯人應該會待在主屋那邊。雖然也可以從兩座宮殿相通的走廊過去請求見他一面，然而，堯人原本就相當忙碌，再加上狀況恐怕會從現在開始變得緊急，就算這麼做，美世也不覺得有機會馬上見到他。

「不過，從這樣的情況看來，由里江想必也被拒絕了吧。」

因為衛兵們不願幫忙，她們又試著請路過的侍從找能夠擔任護衛的人過來，但侍從們也以相同的態度回絕了這樣的要求。

待在這裡經過十多天的現在，舉凡日常生活上的需求，宮裡的侍從們可說是有求必應，所以美世沒能注意到這件事。

除了新和對異特務小隊以外，其他人並不樂意為了保護她們而採取行動。

「怎麼辦才好呢……」

「沒辦法了，就我們兩個先到玄關外頭去吧。只要不離開結界應該就沒有問題，而且清霞大概再過不久就會趕過來了。」

「說得也是。」

目前，新依舊是不見人影的狀態。雖然專屬的保鏢不在身邊，但也沒辦法了。

兩人匆匆套上草鞋，然後跨過玄關的門檻走到外頭。

為了將異能心教阻絕在外而布下的結界，有效範圍涵蓋了堯人生活的主屋、美世等人暫住的宮殿二樓，以及周邊的庭院。她們無法再往外頭踏出一步。

「他好像還沒來呢。」

通往這棟宮殿玄關的碎石小徑上，仍沒看到清霞或對異特務小隊隊員的身影。

話說回來，包含保鏢一事在內，總覺得很多事情都進行得不順利，讓美世因此感到更加不安。

「總覺得好像是有人刻意安排這樣的狀況呢。」

美世點頭同意葉月的看法。

如果只是為了讓美世等人不愉快而這麼做倒還無所謂，但這樣的情況，實在很難讓人不懷疑是異能心教所為，並為此擔心害怕。

「那個笨弟弟，還有征先生，真的都太不夠謹慎了。之後，我絕對要針對保鏢一事跟他們抗議！」

美世聽著一旁的葉月憤慨地抱怨，一邊引頸期盼清霞到來。

不過，等了好一會兒後，現身的既不是對異特務小隊的隊員，也不是清霞或新。

「咦……？」

「那是誰呀？」

一名男子踩著緩緩的步伐，從小徑的另一頭朝這裡靠近。

這名穿著質料還不錯的西裝，生著一張缺乏特徵的平凡臉蛋的男人，是美世也看過的人物。

「……我記得他應該是文部大臣閣下的祕書官大人。」

「妳說那個人？可是，祕書官怎麼會一個人造訪這種地方？」

葉月的疑問相當中肯，但美世也只能不解地歪過頭。

不消多久，祕書官便來到結界外圍，然後順利踏入內部。

「能夠穿越結界，就代表他不是甘水假扮的。不過……在這種緊急關頭，他到底會有什麼事呀？」

葉月皺起一雙柳眉，對祕書官投以狐疑的眼光。

結界雖然可以將甘水阻隔在外，但理所當然不會對政府相關人士起作用，不然可會為業務遂行帶來許多困擾。因此，這樣的運作機制也是無可奈何的。

為了預防萬一，這裡會有歸宮內省管轄的衛兵常時駐守，而美世身邊也配置了新這樣的貼身保鏢。但現在，這兩者恐怕都無法發揮效用。

男性祕書官帶著有些不屑的表情，來到提高警戒的兩人面前。

「好久不見了，齋森美世小姐。」

「呃……嗯。」

聽到對方以輕鬆的語氣朝自己搭話，美世不禁感到困惑。

她只有見過這位祕書官一次。她不記得自己有跟對方變得要好，而兩人也並非會跟彼此親暱聊天的關係。

突然看到對方以友善的態度向自己打招呼，她也只會覺得困擾。而且，這種莫名其妙又不自然的感覺，也讓她感到幾分詭異。

儘管美世和葉月雙雙對祕書官投以懷疑的視線，但他仍一臉不為所動地繼續往下說。

「難道兩位是要到哪裡去嗎？」

「不……那個，不是的。」

在美世不知所措時，葉月帶著凜然的表情往前踏出一步。

「不好意思，請問你特地造訪這裡，是有什麼事情嗎？」

聽到葉月的提問，祕書官露出無奈的笑容聳了聳肩。

「回答是『工作』就可以了嗎？我可是文部大臣的祕書呢，沒道理要被妳這樣的一般市民攔下吧？」

「是的，沒錯。不過，奉堯人大人之命，這裡可是即將進入嚴格警戒狀態的區域。就算是為了工作，像你這樣擅自進出此處，我們會很困擾的。更何況，這棟建築物是堯人大人的私人宅邸，若是宮內省或內大臣府的官員們造訪此處，或許還說得過去，但我不認為文部省的官員會為了公務而到這裡來。」

即使面對一名陌生男性，而且還是貴為大臣祕書的人物，葉月仍坦然道出自身的主張，絲毫不肯妥協，讓一旁的美世只能手足無措地交互望向這兩人。

「唉～真是有夠囉唆耶……」

臉上依舊帶著笑容的祕書官這麼低聲輕喃。

因為他的表情和說話語氣實在搭不起來，美世不禁懷疑起自己的耳朵。不過，她同時也想起一件事。

第一次看到這個男人時，儘管只有短短一瞬間，但美世感覺他瞪著自己。

「姊姊。」

不安的預感從腦中閃過。美世呼喚葉月的名字，並以手按上她的手臂企圖制止，但還是慢了一步。

「前陣子，你就已經在這裡引起了一陣騷動對吧？比起那時候，現在的警戒體制又變得更嚴謹了。你明白這樣的事實嗎？」

「我當然明白嘍。」

祕書官帶著一臉若無其事的表情回答，彷彿完全不覺得自己的行為有問題。態度給人十分隨便的感覺。

再加上他的回答和行動完全兜不攏，讓人一下子會意不過來。

「咦？」

「我說，用不著妳提醒，我也很清楚現在的情況。」

男子大步大步走向兩人，腳上的皮鞋發出像是在恫嚇的響亮腳步聲。他推開沒能即時反應過來的葉月，朝美世逼近。

他一把揪住美世細瘦的手腕，企圖將她拉走。

「不……不要……！」

美世試著甩開他的手，但男子強大的力道，掐得她連骨頭都隱隱作痛。

「你突然做什麼呀！快放——呀啊！」

葉月焦急地試圖介入美世和男子之間，卻被後者用力推開。

男子或許完全沒有手下留情吧，被他推倒的葉月狠狠跌在鋪滿碎石的地上。

「姊姊！」

「少來妨礙我！拐彎抹角的戲碼結束啦！我要找的只有齋森美世而已。」

說話語氣變得粗魯的男子，散發出一種很難說這個人是大臣祕書官的猙獰、鄙俗的氣質。

在極近距離之下仰望他的美世，視線落在男子的一雙眼睛上。

「您……眼睛……」

紅色，宛如鮮血那樣透出暗紅色光芒的一雙眸子。

美世曾聽清霞說過。

由異能心教打造出來的人造異能者，亦即後天生成的異能者，一雙眼睛會變成紅色。

當然，也有人的眼睛天生就是紅色。不過直到剛才，這名男子的雙眼確實都是很普通的深褐色，但現在卻突然變成鮮紅色。

「哎呀，異能這種東西真的是很方便耶。在不相信異能的那個大臣底下做事，雖然讓人有點不耐，但畢竟是祖師的委託嘛。」

男子看起來樂不可支。

（他說祖師……）

那是異能心教對甘水直的稱呼，已經沒有必要懷疑這個人了。

美世的皮膚竄起一陣雞皮疙瘩。

將視線往下後，令人難以置信的光景映入她的眼簾。

（那是什麼……異形？）

美世不禁以另一隻手掩嘴屏息。

原本鋪著白色碎石的地面，現在卻被染成一片黑——不對，是被成群蠕動的黑色異形淹沒了。

蟲子、老鼠或鳥兒——一如美世過年時在街上看到的那隻個體，這些異形都集多種生物的外貌特徵於一身。

不知不覺中，這些異形將美世等人團團包圍住。

「好壯觀啊。數量一多，果然魄力就不一樣呢。讓這些傢伙去攻擊皇太子的宮殿的話，不知道情況會變得如何？」

聽到男子以躍躍欲試的興奮語氣這麼說，儘管嚇得一臉蒼白，葉月仍以強勢的態度惡狠狠地瞪著他開口。

「你是異能心教的人嗎……做出這樣的事情，你知道會有什麼後果嗎？而且，你要抓著美世妹妹的手到什麼時候呀！」

葉月勇敢起身，朝男子撲了過去，企圖鬆開他揪著美世的手。

然而，憑她單薄的身子，終究還是敵不過男子的蠻力。他像是驅趕小飛蟲那樣輕而易舉地將葉月揮開。

「妳很吵耶，我沒有要找妳啦。」

「住手，別對姊姊這麼粗暴……」

雖然葉月說她可以幫忙爭取時間，但不能真的讓她這麼做。

要是為了拯救美世，而導致葉月受傷，或是這些異形襲擊堯人所在的宮殿……那麼，她還不如乖乖照異能心教所說的話去做。

這時，美世突然想起清霞在新年參拜時交給她的三只式神。

（只剩下這個了……！）

她將一隻手伸向藏在懷裡的式神，發動事先烙印在上頭的術法，然後將它釋放出來。

成功發動後，小小紙片化為鳥兒的形狀，朝男子撲了過去。。

「嘖，竟然做這種多餘的事！」

男子揮動另一隻手，企圖將式神趕跑，但它仍執拗地不停衝撞男子的臉。

「你這……區區小嘍囉，少來妨礙我！」

男子不耐煩地吶喊，同時，一隻異形跳到美世等人附近，以牠的利爪一把撕裂式神。

「怎……怎麼會……」

三只式神瞬間被撕成碎片，輕飄飄地紛落地面。

清霞所打造出來的式神雖然對人類有效果，但在面對異能或術法難以對其發揮效用的這些特殊異形時，便同樣派不上用場。

這樣一來，美世等人已經不剩半點能夠反抗的手段了。

「真是遺憾啊。」

說著，男子對趺坐在地的葉月高高舉起拳頭。

「住手！」

絕對不能讓他傷害葉月。

美世整個人朝地上倒去，企圖以自己的體重拉住男子。緊揪著她的手的祕書官就這樣失去平衡，踉蹌了好幾步。

「妳這……！」

火冒三丈的祕書官揚起一隻手，無數異形的視線也跟著集中在他的手上。

很明顯的，男子正企圖指示異形行動，他自己也打算施展異能。仍倒在地上的美世，則是為了保護葉月而整個人趴在她身上。

「美世妹妹！」

她無視葉月焦急的抗議聲。

能夠當作最終王牌的式神已經用光了。

無論是要單純避開，或是讓葉月張開結界，恐怕都來不及。因為美世和葉月都沒有攻擊的手段，接下來只能像這樣默默挨打了。

美世用力閉上雙眼，同時緊緊咬牙。

——然而，她並沒有感受到預料中的那股衝擊。

足以融化冰冷空氣的熱度，從空中一閃即逝。

在異形們發出的尖銳慘叫聲之中，可以聽見男子「嗚！」的短短呻吟聲。

美世戰戰兢兢地睜開雙眼，發現原本包圍著自己的異形數量似乎減少了一些，穿著西裝的祕書官則是狼狽地倒在地上。

這迅雷不及掩耳的對應，讓她茫然愣在原地。

「妳沒事吧，美世？」

「老……爺？」

一頭淺褐色長髮從肩頭滑落的光景映入她的眼簾。慢慢開始理解現況的她，感覺鼻腔深處一陣刺痛。

清霞來了，清霞趕過來保護她了。

而美世也趕上了。

「老爺……！」

她原本還以為自己恐怕命已至此。已經做好無法向清霞轉告夢中預測到的危機，而自己也將命喪此地的覺悟。

但最終，他們仍平安無事。自己跟清霞都是。至少目前是。

「你……你好慢喲……！」

葉月抬起上半身，目光泛淚地抗議。

美世和葉月都沒有受傷，清霞也毫髮無傷地俯瞰著倒地的祕書官。

美世再次望向自己的周遭，發現對異特務小隊的成員和辰石一志正在努力對付數量驚人的異形……應該是吧。其實她也不太明白。

（異形逐漸消失了呢。）

這場殲滅戰的關鍵，似乎是在辰石一志身上。

隨著一志宛如翩然起舞的動作，他身上那襲華麗的羽織外套也像是蝴蝶翅膀般地舞動起來。每當他伸出手中的扇子，美世視野裡的異形便跟著消失。

「喂，辰石！你就不能快點破除結界嗎！」

「拜託你別這樣強人所難啦，我現在已經很拚命了耶！」

聽到五道的怒吼，辰石也提高音量回應他，完全失去平常那種遊刃有餘的態度。

在異形看起來被一志消滅後，包括五道在內的對異特務小隊隊員，紛紛趕到異形原本所在的位置，施展出火系、水系、風系或念力系等不同種類的異能。

下一刻，異形死前的慘叫聲模模糊糊地傳入美世耳中。

（雖然不明白原理，但……）

戰況似乎是一面倒的狀態。不用說，占上風的當然是對異特務小隊，他們似乎成功地壓制、掃蕩、殲滅了數量多到數不清的異形。

美世將視線移回自己身旁。

「好痛！真是的……竟然突然把人拋飛。」

祕書官忿忿不平地抱怨，然後起身。他敏捷俐落的動作，看起來實在不像是身為戰鬥門外漢的一名文官。

不過，清霞的反應更快。

在祕書官爬起來的瞬間，清霞便揮出還是入鞘狀態的軍刀。祕書官以輕快的腳步閃過這道攻擊，在掌心生成數個冰塊，再將它們發射出去。

清霞輕輕鬆鬆地迴避，或是以刀鞘打落這些冰彈，然後朝祕書官逼近。

這段攻防持續的時間，連三秒都不到。

（咦……？）

雖然只是一瞬間。

但美世總覺得身為異能心教信徒的祕書官，嘴角似乎揚起充滿自信的笑意，然後又在轉瞬間消失。

清霞以犀利的目光盯著男子，同時朝他逼近。他以軍刀的刀柄從下方直擊男子的下顎，再趁隙使出掃堂腿。

在男子臉朝下趴倒在地後，清霞以膝蓋固定住他的背，再將他的雙手扭到背後壓制住。

「可惡，久堂清霞……！」

「別亂動。倘若國家資料庫裡找不到你以異能者登錄的身分，軍方將合理懷疑你是異能心教的黨羽。」

聽到清霞以平淡的語氣這麼告知後，男性祕書官憤恨地「嘖」了一聲。默默被清霞銬上手銬的他，現在變成完全失去自由的狀態。

然而，以一雙鮮紅眸子恨恨地仰望清霞的同時，男子的臉上仍帶著扭曲的笑意。

「哈！別說什麼懷疑了，我的確就是異能心教的一分子沒錯。說起來，我原本不過是個平民老百姓而已，只是奉祖師之命假扮成大臣祕書。」

「所以，文部大臣也跟你是一夥的？」

清霞詫異地這麼問之後，男子以鼻子哼了一聲。

「是啊，當然。文部大臣閣下也有和祖師來往，是暗中協助我們的人物。除此之外，政府內部也混入好幾名異能心教的信徒或協助者。」

「這麼說來，文部大臣好像有親戚在遞信省裡頭工作。」

「就是那傢伙依據祖師的指示，讓你們的情報統整體制出現了漏洞。只是很簡單的道理。」

或許是因為遭到逮捕，所以放棄一切了吧，男子老老實實地全盤托出。

又或者，他其實是打算以提供情報的方式來換取減輕刑責的機會。無論是何者，既然能得知幕後真相，或許也不算是壞事。

大致向男子打聽完需要的情報後，清霞將一名下屬喚來身邊，給了他兩三個指示。五道、一志和其他隊員目前仍忙著對付異形。

不過，危機算是暫時解除了，因此鬆了一口氣的美世和葉月從地上爬起身。

「妳們倆都沒事嗎？」

朝祕書官瞥了一眼後，清霞轉身望向兩人這麼問道。美世和葉月朝他點點頭。

「嗯，沒事。」

「我也沒事。」

「……看來，這次有確實趕上。」

美世前幾天和同一名祕書官相對峙時清霞沒能及時趕回她身邊，而他似乎為此耿耿於懷。

然而，能夠安心的時間相當短暫。

美世想起自己將清霞找過來，甚至在沒有保鏢陪伴的情況下來到玄關外頭的目的。如果沒能告知他那件事，自己和葉月冒著危險來到外頭，就沒有意義了。

「老爺。」

「怎麼？對了，妳說有急事要聯絡我，是什麼事情？妳應該不至於是料到這個大臣祕書官會展開攻擊行動，才聯絡我的吧？」

根據清霞的說法，在前衛陣營剛開完會，眾人正準備解散的時候，他收到來自葉月的聯絡。在下一刻，他察覺到祕書官帶進來的大量異形的氣息，於是便率領下屬火速趕過來。

不知道該說時機正好或是不好。

看著未婚夫臉上詫異的表情，美世努力振奮自己想打退堂鼓的心。

「那個……我有一件無論如何都得跟您說的事情。」

美世將自己在夢中和甘水對話的內容，鉅細靡遺地告訴清霞。

一般情況下，人們都會因為只是作夢夢到而一笑置之；但清霞很清楚，擁有夢見之力的美世所做的夢，具備著什麼樣的意義。

「——原來如此。甘水打算從我下手，是嗎？」

為了得到美世，甘水鎖定的下一個目標是清霞。

聽聞美世這樣的報告，感到吃驚的只有葉月，當事人清霞反倒不為所動。

「我有料到或許總有一天會變成這樣。畢竟沒有我的話，甘水行事也會比較輕鬆。只是，倘若他想用這傢伙用來算計我……那麼，這樣的計畫未免也太粗略了。」

提及「這傢伙」時，清霞對雙手被上手銬、倒在地上的男性祕書官投以犀利的目光。

「對不起，我沒能問出異能心教會使出什麼樣的策略。」

美世也不認為在夢中表現得那麼胸有成竹的甘水，最後祭出來的竟然就只是這種程度的計畫。

若是她擁有像新那樣優秀的話術技巧，或許就能打聽出更有力的情報了。

自身的能力不足，讓美世感到相當不甘心。

「無妨。若是他的計畫僅限於此，那就當做是這樣吧。就算不是，他八成也會繼續擬定其他我所應付不來的縝密計畫。」

「噯，能讓我插個嘴嗎？」

在對話告一段落時，葉月唐突地從旁開口。

「到頭來，新究竟上哪兒去了呀？他遲遲都沒有現身耶。」

她無心道出的這個疑問，讓美世瞬間僵住，清霞也皺起眉頭。

最後，新終究沒有出現。

剛才，葉月不但讓由里江去幫忙找保鏢，也跟美世一起到處央求衛兵們充當兩人的保鏢。因此，只要待在宮中，應該多少會察覺到異狀。在這種情況下，很難想像新不會趕回來。

而且，事情都已經演變成五道和一志等人必須親自出面和異形大戰的程度了，新不可能沒有察覺到。若是察覺到了，他絕對會趕過來才是。

更何況，基於堯人的聖旨，現在應該是更進一步強化警戒的狀態。

不管怎麼想，新遲遲沒有現身一事，都顯得相當不自然。

清霞沉下臉，以手指抵著下顎開口。

「怪了。我並沒有交代薄刃什麼任務，而且，除了保鏢的工作，那個男人現在理應沒有更緊急的要務在身才對。」

語畢，三人以古怪的表情面面相覷。

既然這樣，新究竟去了哪裡？

無人能回答這個問題。在沉默的空氣籠罩下，細小的白色雪花開始從空中緩緩紛落。

◇◇◇

「咱們的時代終於要到來了啊，真是令人興奮。」

以單手捧著威士忌的酒杯，嘴裡還叼著菸卷的文部大臣這麼說。看著這樣的他，甘水打從心底感到無言和不齒。

軍隊本部其實也悄悄落入異能心教的手裡。

參謀本部的幹部之中，凡是不贊同甘水思想的人物，全都依序被關進大牢。不過，最基層的士兵理所當然對這樣的事實一無所知。

此外，為了填補被關入牢裡的幹部的空缺，好讓軍方維持一如往常的表現，允諾協助甘水的其他軍官，全都被迫燃燒性命卯起來工作。

而這些全都是異能心教依據甘水的指示——所成就的惡行。

不過，能斷言這些是「惡行」的時間，也只有現在了。

所謂勝者為王，敗者為寇。無論做出多少惡行，只要甘水最後取得了勝利，這些惡行馬上會轉變為善行。獲勝那方的主張才是正義，這是世間的常理。

現在，他已經擁有軍事力量了，民心也逐漸向異能心教這邊靠攏。而天皇的權威也是他的囊中物。

接下來，只要把名為「國家」的這個容器搶過來，甘水的目標大概就已經達到七成左右。

「還差一點……」

有現任天皇署名和捺印的各類書面文件，現在都已經在他手邊齊備。

這些是基於天皇意旨而發布的飭令，因此擁有絕對的效力。準備工作已經完成了，該是抽身的時候了。

「大臣閣下，請您繼續在這裡歇息即可。我們接下來即將展開行動。」

「嗯，拜託你們好好幹嘍，你的肩上可是背負著我的未來啊。」

說著，大臣又「哈哈哈」地開懷笑了幾聲。到底有什麼這麼好笑？甘水只感到相當不快。

不過就是天生不具有異能的劣等生物罷了。

只要協助自己，等到現在的政府瓦解，異能者君臨天下的時代來臨後，即使沒有異能，也會讓他擔任新政府的重臣——甘水以這樣的條件利誘後，文部大臣馬上就上鉤了。

名為天啟的莫名其妙的異能，只有擁有、繼承這種異能之人，才能成為支配者——這樣的世界讓文部大臣相當不滿。換句話說，倘若站上頂點的人不是自己，他就無法滿足。

將這般野心勃勃的文部大臣籠絡為己方勢力的一分子，簡直輕而易舉。

「那麼，我失陪了。」

甘水走出軍隊本部裡頭的貴賓室後，原本在外頭待命的寶上隨即跟上。

「祖師，如同原先的計畫，對異特務小隊已經分析出我們所打造的異形的原理，引發騷動的大臣祕書及共犯的遞信省官員都已經遭到逮捕。」

「辛苦了。」

甘水帶著一臉泰然自若的表情，在軍方本部中央的建築物走廊上昂首闊步。然而，擦身而過的人，卻沒有一個將他攔下。

遭到綁架的現任天皇的權威、透過案中協助者為政府帶來的影響力，以及集結人造異能者而成的戰力，看到這種優勢攤開在自己眼前，國家裡頭大部分的人或組織都不得不屈服。

在這天到來為止，甘水一路走來的路著實漫長無比。

在薄刃家家道中落，澄美因此決定嫁到齋森家的時候，甘水曾要求她和自己一同逃跑，但被澄美拒絕了。

要是自己逃掉了，這個家會變得怎樣呢？是為了薄刃家以及家人的悲壯覺悟，促使澄美說出這種話。

感嘆自身無力的同時，甘水開始憎恨這個家、憎恨他人、憎恨國家。

背離薄刃家而流離在外的這段期間，他內心的憎恨化為一股決心。

自己和澄美明明都擁有名為異能的優秀能力，卻只能被迫過著見不得人的生活，還可能因為天皇或掌權者一念之間的決定，導致人生跌落谷底，宛如螻蟻般毫無價值，這樣的世界是錯誤的。既然是錯誤的，重新再打造一個就好。

誰還管什麼薄刃的家規呢？

建立起由異能者來讓國家運作的體制吧。這樣一來，身為比這些異能者更加優秀的薄刃異能者的甘水或澄美，就能夠自由地、隨心所欲地過自己的人生。

心中湧現這樣的理想後，甘水隨即付諸行動。

他在國內四處遊走，收集人才、情報和資金——還成立了一個隱密的據點，透過相關設備，來進行異形和異能相關的禁忌研究。

（然而，沒過多久之後，我連澄美都失去了。）

為了顛覆整個國家，而埋頭進行準備的甘水，直到澄美死後數年，才得知這樣的消息。

深感絕望的他，一度覺得怎麼樣都無所謂了；但在得知澄美還有個女兒後，他再次振作起來。

同時，他也得知了美世在齋森家長年飽受虐待的事實。不過，只要改變整個國家，這點事情就算不上什麼。更何況，若是對現況心懷不滿，美世便更有可能贊同甘水的思想。所以這樣的情況再理想不過了。

然而——還來不及接觸美世的時候，她便和久堂清霞相遇了。

而後，在開始憎恨讓自己陷入不幸的齋森家和家人之前，她變得滿足於平凡而毫無意義的安穩日常。

（這可不成。）

就算能獲得暫時的滿足，異能者和薄刃家遭受的不公平待遇，依舊沒有任何改變。現況明明需要變革，美世卻沒能理解這一點。

不過，她馬上就會明白自己的思想是錯的，而甘水才是正確的。

為了顛覆、報復一切，甘水終於開始採取行動。

「天皇狀況如何？」

「他畢竟是病人，所以我們會施以讓他不至於死去的照顧措施。但真的是最底線的看顧就是了。」

聽到寶上的報告，甘水滿足地笑了幾聲。

在得到這個國家，再也不像過去那樣需要天皇的權威後，他會以比現在更激烈的手段折磨現任天皇，讓他嘗盡痛苦之後再殺死他。

「在我動手殺掉他之前，可別讓他死了。」

「遵命。」

因為美世成為久堂清霞的未婚妻，甘水不得不將準備工作提前。現在的計畫雖然不如他一開始擬定的那般完美確實，但反正最後透過異能來硬幹，同樣也是可行的。

為了異能者、甘水自己和薄刃，打造出一個值得愛的世界，然後將安寧獻給澄美和美世。

「好啦，走吧，去解放那些被囚禁的同志。」

在寶上的陪同下，甘水走出軍方司令部的建築物。

他們的目的地，是位於軍方本部的腹地內部的特別拘留所。

這個近期才成立的設施，是軍方為了拘禁平定團等人造異能者，以能夠妨礙異能施展的結構打造而成的特殊建築物。

大方從駐守在出入口的警衛眼前走過後，兩人踏進施以異能阻礙加工的大牢所在的設施內部。

「喔喔，是祖師！」

「祖師來解救眾生了！」

「終於可以離開這裡了！」

被囚禁在通道兩旁大牢裡的人造異能者，看到甘水現身便齊聲歡呼起來。

甘水已經事先告知過這些信徒，因為自己馬上會來釋放他們，所以要他們被軍人逮捕時，盡可能乖乖就範。

儘管如此，被關進大牢裡，想必仍讓信徒們感到相當不安吧。

歡欣鼓舞地讚美甘水的聲音此起彼落，在狹窄的通路上震耳欲聾地迴響。

「就是這個吧。」

從這條通路直直往前走到底，可以看到一座祭壇。

這是一個以木材打造而成的簡素祭壇，上頭掛著注連繩和柊樹裝飾，看起來跟神棚有幾分相似。這就是用來阻礙異能者施展異能的祭壇。

雖然看起來有些粗製濫造，但畢竟是臨時趕工而成，所以這種水準的成品也是情有可原吧。

甘水從懷裡取出一把小刀，拔刀出鞘。

接著……一刀朝祭壇揮下。

簡素的木造祭壇就這樣輕易地被劈開、崩塌，最後失去效力。

「寶上，用鑰匙開門。」

「是。」

簡短回應後，寶上以手中的鑰匙迅速打開各個牢房大門。

因為軍方的取締行動，而被逮捕、幽禁在這裡的異能心教和平定團成員，一邊不停開口感謝甘水，一邊陸陸續續走出牢房。

如此眾多的戰力，再加上異能難以起作用的大量異形，儘管人造異能者的水準不如對異特務小隊，還是能以龐大的數量來壓制他們。

那個久堂清霞也已經不再是威脅了。

「那麼，『那邊』現在應該也正在順利進行吧？」

甘水的思緒轉往被送往政府內部的其他部隊成員身上。

◇◇◇

日落後，氣溫愈來愈低，雪也愈下愈大。

即使戴上手套，指尖仍凍得冰冷僵硬，呼出的每一口氣，都成了在夜色中反覆浮現和消失的淡淡白霧。

美世一行人正忙著在堯人的宮殿附近為白天那場騷動善後。

畢竟出現了那麼多的異形，說不定有落單的個體仍躲在不起眼的某個角落，所以必須仔細確認。此外，還得把一片狼藉的碎石路和庭院稍微整理收拾一下。

五道、一志、葉月、對異特務小隊的成員們，全都穿上大衣努力幹活。

因為之前忙著到處找保鏢而變得精疲力盡的由里江，現在則是被委託處理室內的事務，所以不在這裡。

此外，堯人也平安無事，據說目前在宮殿內部嚴陣以待。

（可是，新先生還是沒有回來。）

至今新仍是下落不明的狀態，一次都不曾出現過的他，就這樣徹底消失了蹤影。

可以確定的是，他目前不在宮殿裡，但無從得知更進一步的消息。

雖然擔心，但無法離開宮中的美世，也沒有能夠找出新的手段。

（他到底是去了哪裡呢……）

新不是會在值勤途中拋下任務不管的人。

這樣的話，他說不定是在哪裡遭到甘水攻擊，或是被捲入什麼紛爭之中了。

為此，美世已經請求清霞幫忙尋找新的下落。然而，在這種人手不足的緊急狀況下，能夠分配多少人力進行搜索，恐怕還很難說。

（不過，新先生應該有能力處理大部分的狀況就是……）

心中的不安遲遲無法消散。然而，正因如此，美世才會遵守「絕不離開清霞身旁」的要求，留在這裡多少幫忙做一點事。

「外頭很冷，妳可以回去屋內等著。」

每隔幾分鐘，清霞就會過來這樣叮嚀美世，但後者總是朝他搖搖頭。

「沒關係，不能只有我一個人躲在溫暖的房間裡。」

「是嗎？不過，要是覺得吃力，馬上跟我說。」

以「是」回應清霞後，美世撿起被折斷而掉在院子地上的樹枝。

雖然明白這樣幫不上什麼忙，只是一種自我滿足的行為，但她實在無法什麼都不做。

胸口騷動不安的感覺仍無法平息。

新不見了。要是沒有待在清霞身旁，要是自己的視線從他身上離開短短幾秒，感覺他說不定也會像新這樣憑空蒸發。這讓美世恐懼不已。

清霞不會讓甘水動自己一根汗毛。

明明想這麼相信，不祥的預感卻持續在美世的心中翻騰。

片刻後，當腳邊徹底被降雪染成一片白色時，美世內心的不安成了現實。

起源是一名隊員為清霞捎來的報告內容。

「你說什麼？」

「屬下確認過好幾次，但似乎屬實……」

白天，清霞逮捕了文部大臣祕書官，又依據他的證詞，以叛國賊的嫌疑為由，逮捕了任職於遞信省的文部大臣的親戚。包括這兩人在內，之前好不容易逮捕到的異能心教信徒及協助他們的人物，現在全都被釋放了。

而且是基於現任天皇的飭令。

「——是甘水直嗎？」

清霞以極為低沉的嗓音這麼輕喃。

「隊長，我們該怎麼做才好……？」

「我們必須遵從大海渡少將閣下的指示。倘若閣下也遭遇不測——」

對話至此中斷。

許許多多軍用靴踩在碎石路上的聲音，在這一帶傳開來。

將宮殿腹地裡的大道、堯人所在的宮殿玄關外頭，以及庭園連接起來的那條林間小徑，現在擠滿了朝這裡趕過來的軍裝集團。

看不見月亮的這個夜晚，光線來源就只有院子裡的燈柱，以及堯人的宮殿透出來的亮光。

簡直像是一團團真面目不明的黑色物體在朝這裡逼近。

這些黑色的人潮一轉眼湧向美世等人和對異特務小隊的成員，將他們團團包圍住。

清霞隨即讓美世從庭園中央移動到堯人的宮殿附近，又將她擋在自己身後保護。美世甚至連呼吸或出聲抗議都來不及。

逼近的軍人們以迅速又精確的動作抽出軍刀，指向在場的所有人。

「這……這是……」

「噓！冷靜點，先照著他們說的話去做。」

聽到清霞低聲這麼指示，美世只能點點頭。

以軍刀對準這裡的，是不屬於對異特務小隊的帝國軍人及身穿黑色斗蓬的人物。看起來像是異能心教的成員。

為何這兩派人馬會一起行動？

在無人能夠提出質疑的狀況下，包含五道、一志在內，對異特務小隊的成員們全都將雙手高舉過頭，以表示自己沒有反抗之意。

接著——

率領這批大軍的人物緩緩從暗處現身。

磨得發亮的皮鞋、剪裁合身的西裝和大衣、好幾度對美世展露笑容的端整面容。

（新……先生……？）

她原本下落不明的表哥薄刃新，此刻臉上完全沒了平常那種善良青年的柔和氣質。

（為什麼？）

新竟然會率領軍隊對美世等人刀刃相向，這未免太異常了。有什麼不尋常的事正在發生。

因為，他出現在對方的陣營，不是太奇怪了嗎？

而且，這些軍人到底又是……？

無法理解的事情太多了。佇立在原地的美世所感受到的，與其說是恐懼，茫然的成分或許居多。

「久堂少校，真的是非常遺憾。」

聽到新不帶半點情緒的發言，清霞皺起眉頭沒開口：

「這是什麼意思，薄刃？我才想問你這是在做什麼？」

「你有多數的傷害嫌疑，以及綁架天皇、企圖顛覆整個帝國的嫌疑在身。」

「你說什麼？」

所謂的晴天霹靂，大概就是這樣的感覺吧。

在場者全都懷疑起自己的耳朵，臉上也滿是藏不住的震驚。

「此外，今天白天，你不當逮捕了文部大臣的祕書官對吧？這個罪狀也包括在裡頭。」

「你說不當？我們不過是在執行自己的任務。那個祕書官對身為保護對象的一般民眾出手，甚至將成群的異形帶進宮殿裡，逮捕他是理所當然的吧？」

面對淡淡道出欲加之罪的新，清霞也以冷靜的語氣回應。不過，這兩人壓根沒打算接受彼此的說法，是美世等人也能夠理解的事。

新重重吐出一口氣，從懷裡掏出他愛用的那把手槍，緩緩將槍口對準清霞。

「你這是在做什麼？」

「請乖乖就範吧，久堂少校，你已經是罪證確鑿的嫌犯了。」

美世完全無法理解新在說什麼。

真要說起來，她也不明白他為何會像個執法人似地前來對清霞興師問罪，甚至表示要逮捕他。更何況，他不是政府官員，只是一般民眾罷了。這樣的行為，才更是所謂的「不當」吧。

但實際上，在眼前抽刀指向自己的軍隊，確實是新率領過來的。

（為什麼……是我們……）

被軍方用刀指著，代表清霞和美世等人或許犯下了什麼罪。也就是說，對軍方而言，美世等人等於是必須警戒的敵人。

「這……這不可能……！」

美世不禁探出身子企圖反駁。

一定是有哪裡搞錯了。清霞並沒有做出傷害他人的行為，也沒有綁架天皇，更別說是牽涉其中了。更何況，綁架天皇的明明就是異能心教，怎麼可能會是清霞呢？

全都是一派胡言。完全是杜撰出來的。

「美世。」

然而，身為當事人的清霞，卻以平靜的態度制止了美世。

「透過異能心教的協助，我們已經找到天皇陛下，目前由軍方保護他的人身安全。陛下親口表示你參與了他的綁架行動，並下達立刻逮捕你的指示。此外，我們已經壓制了對異特務小隊的各陣營和值勤所，倘若你輕舉妄動，我們會馬上開槍射殺所有人。」

新維持舉槍的姿勢朝清霞走近。

「我不記得有這麼一回事。」

「請放心吧。我們已經掌握了相關證據，倘若你企圖逃亡，就會變成背負叛國大罪的通緝犯，這個帝國將不會再有你的容身之處。不過，就算沒逃走，恐怕也免不了死罪吧。」

新的雙眼看不出半點溫情，冰冷得足以令人凍結。

周遭的軍人們仍是一動也不動地將刀尖對準這裡，打扮看起來像是平定團成員的其中一人則是朝前方踏出一步，高高舉起記述著天皇指示的詔令文書。
「久堂清霞為設計陷害天皇之重罪者，迅速將其逮捕！」
新這麼高聲下令的同時，幾名軍人朝清霞走近，替他銬上手銬。
是清霞的話，要反抗應該輕而易舉，但他始終任憑對方擺布。
「薄刃，你投靠了那邊啊。」
他的語氣聽來緊繃——卻也帶著幾絲放棄的感覺。
新沒有肯定、也沒有否定。
清霞之所以完全不反抗，恐怕是為了美世等人著想。關於這點，美世再清楚不過了。
若是他此刻企圖逃亡，身為重罪者親屬的美世、葉月，以及和久堂家相關的所有人，生命安全恐怕都會受到威脅。
「新先生！」
美世懷著最後一線希望，開口呼喚自己的表哥。
然而，被薄刃新那冰冷視線貫穿的她，震懾到全身一顫。
「美世，請妳安靜一點。」
「我……我做不到！」

曾經是那麼溫柔，讓美世視為家人景仰的表哥，現在卻讓她感到恐懼。

他看起來彷彿完全變了一個人，美世無法靠近他，甚至不敢像過去那樣跟他面對面好好說話。

「請妳不要讓我動怒，美世，妳應該也明白祖師的想法吧？」

為什麼會從他口中聽到「祖師」這樣的稱呼？為什麼、為什麼、為什麼？

他不是也為甘水的所作所為憤慨不已嗎？說自己想重振薄刃家，卻老是被甘水扯後腿。是這樣才對——

「為什……麼……」

感覺嘴巴異常乾燥的美世，氣若游絲地擠出這句話。

新移開視線，他臉上的表情跟著融入黑暗的夜色中。

「這對薄刃家有利。雖然也覺得這樣的理由很單純，但我確實因此決定協助甘水。」

「您……您要背叛我們嗎……？」

「沒有必要再繼續說下去了——久堂清霞，我現在要把你帶走。」

新果斷地拒絕回答美世戰戰兢兢提出來的問題。

他真的是過去的那個新嗎？

看到他以強硬的態度拒絕自己，美世不禁啞然。

對薄刃家有利——她無法接受這樣的理由。甘水可是違背了薄刃家的各種家規，而一路走到現在的男人。相較之下，一直被薄刃的宿命束縛，即使因此感到痛苦不堪，也努力試著掙扎的新，真的能接受甘水這樣的作為嗎？

他賭上人生所背負的一切責任，難道就這麼輕如鴻毛？

「新先生！」

即使美世再次開口呼喚，新仍沒有停下腳步，他身旁的軍人同樣頭也不回。

「……薄刃，可以吧？」

被銬上手銬而失去自由的清霞，在被軍人們帶離現場前望向新這麼問。

「噢，這倒無所謂。」

看似領悟了什麼的新制止一旁的軍人。

得以暫時擺脫軍人控制的清霞走到美世面前。

刺骨的寒風吹來，呼嘯而過的冰冷空氣捲起細微的雪花，在臉頰留下冰冷的觸感。

「美世。」

這是——

他以至今最溫暖、輕柔、足以令人融化的嗓音，呼喚了她的名字。

美世抬起頭，映入眼簾的美麗容顏，朝她露出一個平靜的微笑。那看起來完全不像是接下來即將被定罪，此行幾乎等同於赴死之人會有的表情。

「為了不要後悔，我要先對妳說一句話。」

她不想聽。

要是聽了，一定就會結束。

她將再也回不去那些溫暖的日子。

她不想和他分開，她不想失去他。然而，美世卻無計可施，只能眼睜睜看著一切在眼前上演。

眼角湧現溫熱感，因為濕潤而模糊的視野，讓美世連最喜歡的人的面容都看不清楚。

「我……不要……我不想聽！所以，請您不要走——」

她撲進清霞懷裡，死命地抓住他，淚水無止無盡地奪眶而出。

雙手被銬上手銬的清霞，看似困擾地動了動手指後蹲了下來。

而後，他在美世的耳畔這麼輕喃。

「我愛妳。」

「……啊。」

這句愛語宛如流星那樣稍縱即逝。

教會她何謂溫暖的那隻手，在輕輕撫過美世的長髮後抽離。

「其實，我應該更早一點說出口才對。因為，無論妳的想法如何，我的心意都不會改變。」

語畢，清霞以毫不眷戀的動作轉過身。

在月光被層層烏雲掩蓋的漆黑夜色裡，繫著紫色髮繩的長髮隨著他的動作揚起。

美世雙腳一軟，就這樣跪在冰冷雪白的地毯上。

「不過，美世。讓我提出一個任性的要求吧……希望妳能一直等我，在那個家等到我回來為止。」

清霞道出這句話時，美世無法看見他臉上究竟帶著什麼樣的表情。

那個熟悉的背影逐漸遠離。

啊啊，為什麼——

她明明是知道的。知道甘水直在計畫著什麼，知道清霞將會是他下手的對象。

然而，她卻只是將這個危機告知清霞，就心滿意足了。感覺事情看上去是解決了，所以心滿意足。

美世是有時間的，充裕的幾個小時，然而，她到底都在做些什麼？

沉浸在自我滿足的感覺之中，佯裝自己有幫上忙、有努力想要成就些什麼，但實際上，她卻什麼都沒能做到。

另一方面，甘水在這幾小時內伺機行動，最後像這樣逮捕了清霞。

（我是多麼的愚蠢呢……）

因為自己是被保護的對象，無法採取什麼行動；因為晚了許久才開始學習，所以至今仍無法施展術法或異能——這些都是沒辦法的，是無可奈何的事情……

像這樣為自己的無所作為找理由、找藉口的人，正是美世。

清霞很強大，所以她擅自認定他不會有問題，即使這樣的想法一度被甘水否定。

她明明是知道的。

這個世上沒有任何理所當然的事情。不合理的狀況隨處可見，若是不挺身反抗，什麼都無法改變。

（我可能再也見不到老爺了，而這都是因為我自己……）

她已經無法回應清霞給予自己的愛情。

其實，早在很久以前，她便察覺到自己的心意，卻在能夠說出口的時候以沉默逃避。

這果然只能歸咎於美世自己。

紛落的雪彷彿也填滿了她的腦袋深處，讓美世感到冰冷而腦中一片空白。

「嗚……啊啊！」

她以雙手掩面痛哭失聲。

終章

灰濛濛的天空不斷落下潔白又夢幻的六角狀冰晶。

地面徹底被冰冷的雪白覆蓋。每踏出一步，就會令腳步變得沉重的積雪，讓人們無法隨心所欲地前進。

堯人預測到的危機，將整個世界染上一片銀白色的降雪季到來。

美世朝凍僵的雙手呵氣，試著溫暖它們。

她現在穿著以小巧的紅色和白色梅花圖樣點綴的淡橙色小紋和服，再加上方便活動的褲裙。考量到方便活動和禦寒的性能，她捨棄草鞋，改穿上深褐色的綁帶皮鞋。

以未來的婆婆久堂芙由之前送給她的白色蕾絲蝴蝶結束起一頭長髮後，她替自己上了只有粉底和口紅的淡妝，做好出門準備。

天色仍嫌昏暗的冬日清晨。美世來到微微飄著雪的久堂家主宅邸的玄關外頭，然後轉頭望向後方。

（我有在房裡留下一封信了……所以應該沒問題吧。）

清霞被軍方帶走後，至今已經過了四天。

在那之後，美世感覺很多事情都起了變化。

首先，她跟葉月、由里江離開了堯人的宮殿，轉而暫住在久堂家的主宅邸。

因為目前情況還很危險，堯人原本反對她們這麼做。然而，既然甘水的下手對象是清霞，而他也已經達到目的的話，之後或許不會直接再對美世出手。

更何況，在祕書官展開攻擊行動前，也發生過堯人宮殿裡的衛兵完全不願意擔任她的保鏢的事情。

原來，那是對堯人的強硬態度感到不滿的宮內大臣的惡意操作。在事情曝光後，宮內大臣私下也向美世等人賠罪過。

不過，光是這件事，便足以讓她們再也無法相信宮中成員。

清霞被敵方帶走，堯人也隨時都會面臨生命危險。在這樣的情況下，進出宮城的審查變得史無前例的嚴格，不相關的外部人士基本上禁止入內。

無論是堯人還是宮內省，恐怕都已經沒有餘力顧慮美世等人了吧。

因此，美世認為她們離開宮殿是對的。

（另外——）

因為甘水的計謀，對異特務小隊從去年底辛辛苦苦逮捕到的平定團和異能心教的人造異能者，現在全數都重獲自由了。

支持異能心教的人遭到釋放，相反的，反對他們的人，都陸陸續續被抓起來。

帝國的正與邪完全被顛覆了。

（街上的風景看起來明明沒有任何改變呢。）

美世站在圍繞著久堂家的圍籬內側，遠眺被染成一片白色的帝都，接著又將視線拉回來。

清霞被帶走之後的這四天。

第一天，美世完全無心做任何事，只是悵然若失地度過了這一天。第二天，一行人離開堯人的宮殿，轉而暫住在久堂家主宅邸。第三天，一直窩在房裡的她暗自下了決心。

（由我去把老爺接回來。）

清霞希望美世能在屬於兩人的家等他回來，他說這是他唯一的任性要求。

可是，美世必須違背他這個囑咐。

（異能心教現在或許在等著我吧，他們就是為此把老爺抓走的。所以，我要刻意上鉤，去那裡見老爺。）

清霞遭到逮捕，新則是背叛了一行人。至於對異特務小隊的隊員和一志，基於「有可能是清霞犯罪行為的幫兇」這樣的理由，他們目前由平定團的成員和軍人等甘水的手下嚴格監視著。也就是說，所有隊員都是無法自由行動的狀態。

負責在政府這頭揪出內奸的大海渡，目前依舊聯絡不上。

每個人光是處理自己的事情就已經分身乏術，所以美世不能再繼續依賴他人。

她明白這麼做很危險。

然而，只有這次，她實在無法一味枯等下去。

因為甘水在等的人正是自己，而這一切都照著甘水的安排在走。

她過去的所作所為是錯誤的。應該做個了結的人明明是自己，她怎能老是讓別人來負責處理呢。

要是沒採取行動，之後就會後悔——這樣的事情，她已經切身經歷過了。

清霞至今送給美世的護身符，現在都被她小心翼翼地藏在懷裡。對美世來說，這等同於她的護身小刀。

「……姊姊，對不起。」

她打算在完全沒有告知葉月的狀態下出發，因為，要是說了，葉月八成會跟著過來。

美世不能再將她捲進來了。久堂家需要一個能迎接其他人歸來的人，再說，她還是旭的母親。

想到要是有個閃失，旭可能會因此失去母親，美世便無法依賴葉月。與異能心教為敵，無法保證能活著歸來。

美世會懷抱這樣的覺悟獨闖敵營。

（我一定會跟老爺一起平平安安地回來，屆時，如果能看見姊姊的笑容，我就能鬆一口氣了。老爺想必也是。）

回到家時，若是能看到葉月或由里江走出來迎接，會是一件令人相當開心的事……雖然她們可能也會斥責她「怎麼可以擅自做出這種事情呢」，不過，只要彼此都能平安，她挨罵也無所謂。

「我絕對會回來的。」

美世盡全力露出笑容，對著空無一人的玄關這麼說。

她絕不會讓這個承諾變成謊言。她一定會帶著清霞回來。

「我出門了。」

語畢，美世轉身，獨自朝前方邁開步伐。

那時，看著被軍人們帶走的清霞的背影——美世感受到這輩子最沉痛的後悔。

在內心某處，她天真地認為只要努力撐過去，總有一天事情會圓滿落幕，她和清霞也能回歸平穩的日常生活。

（我真的很愚蠢呢。）

什麼叫「能回到那段溫暖的日子，就別無所求」呢？

如此輕易就能被摧毀的日常，她竟然理所當然地享受著，還忘了它是多麼的珍貴。

要是不坦承自己的心意，她明明有可能一輩子都懊悔不已。

「我不會再猶豫不決了。」

踩在雪地上的聲響，讓她一不注意就會退縮的心繃緊神經。

激勵她鼓起勇氣向前行。

她早就察覺到自己對清霞懷抱的這份情感了，得把它還給他才行。

該傳達給對方的時候，就要好好傳達出去。過去，她完全不明白這樣的道理，也太晚才察覺到。

不過，現在應該還來得及。

美世筆直望向眾多房舍並排，行人不多的冬日街頭的另一頭。

她沒有回頭，只是不斷往前進。

後記

好久不見。真的讓各位久等了。

我最近經常被問到「妳的筆名的由來是什麼？」而被這麼詢問時，也總會不知道該怎麼回答，不禁為了一時衝動而取的奇妙筆名感到後悔。這就是我，顎木あくみ。

本作也終於邁入第五集了。從第三集開始的一連串甘水篇（暫定）的故事，也差不多接近尾聲了。

一開始撰寫這個故事時，我原本覺得只要能把第一集的嫁入久堂家，以及第二集的薄刃家背景寫完，就心滿意足了，沒想到一下子就來到第五集。雖然覺得好像成了書名詐欺的作品，但終於看見終點的我，忍不住鬆了一口氣。

這些都是託一路支持《我的幸福婚約》的各位的福。我收到很多讀者來信，也從中獲得很多鼓勵，真的非常感謝。

在本書，美世、清霞和其他角色們依舊過著持續接受考驗，和平穩生活無緣的日子。不過，我一直都希望哪天可以描寫溫暖人心的戀愛場景、奇幻風格的發展，以及像一對夫妻的相處互動。我希望能讓這兩人嘗到更多更多平凡的幸福滋味……還請各位不要吐嘈我「妳寫出來的內容完全相反吧」這樣……

由高坂りと老師繪製的《我的幸福婚約》漫畫版，引起相當熱烈的迴響，真的是太感激了！還沒看過的人，請務必、務必到SQUARE ENIX的《GANGAN ONLINE》裡頭確認內容吧。很尊又很萌喔！

雖然每次都是這樣，但在製作本書時，我讓許許多多的人，尤其是責任編輯大人非常擔心。我現在順利寫到後記了，真心感謝。

同樣替本書繪製封面插圖的月岡月穗老師。看到夢幻又美麗的封面，我忍不住心懷感激地想著「有寫到這裡真是太好了」……請容我在這裡表達由衷的感謝。

最後是連這種後記也細細看完的各位讀者，感謝各位一路看著《我的幸福婚約》的世界進化至今。如果第五集也能讓大家看得開心，是我的榮幸。

那麼，下集再會。

顎木あくみ

國家圖書館出版品預行編目資料

我的幸福婚約 五 / 顎木あくみ作 ; 許婷婷譯 .
-- 初版 . -- 臺北市 : 臺灣角川股份有限公司 ,
2022.03-
冊 ; 公分 . -- (Kadokawa light literature)

譯自 : わたしの幸せな結婚 五
ISBN 978-626-321-294-7(第 5 冊 : 平裝)

861.57 110000936

輕文學 Light Literature

我的幸福婚約 五

原著名＊わたしの幸せな結婚 五

作　　者＊顎木あくみ
插　　畫＊月岡月穗
譯　　者＊許婷婷

2022 年 3 月 21 日　初版第 1 刷發行
2023 年 9 月 4 日　 初版第 4 刷發行

發 行 人＊岩崎剛人
總　　監＊呂慧君
總 編 輯＊蔡佩芬
特約編輯＊林毓珊
美術設計＊林慧玟
印　　務＊李明修（主任）、張加恩（主任）、張凱棋

台灣角川

發 行 所＊台灣角川股份有限公司
地　　址＊104 台北市中山區松江路 223 號 3 樓
電　　話＊（02）2510-3000
傳　　真＊（02）2515-0033
網　　址＊www.kadokawa.com.tw
劃撥帳戶＊台灣角川股份有限公司
劃撥帳號＊19487412
法律顧問＊有澤法律事務所
製　　版＊尚騰印刷事業有限公司
I S B N＊978-626-321-294-7